Le choix du prince

Ce roman a paru sous le titre original :

LOVE RULES

Barbara Cartland

Le choix du prince

traduit de l'anglais par José LACAZE

Éditions J'ai lu

Barbara Cartland

Le choix du prince

traduit de l'anglais par José LACAZE

Éditions J'ai lu

Ce roman a paru sous le titre original :

LOVE RULES

© Barbara Cartland
Pour la traduction française :
© Tallandier, 1984

NOTE DE L'AUTEUR

Chamil, imam du Daghestan, soutint contre l'envahisseur russe une guerre cruelle et sanglante qui dura presque soixante ans, de 1804 à 1861.

Au cours d'un combat il perdit son précieux Coran, livre sacré qui fut ramassé sur le champ de bataille par le prince Alexandre de Hesse. J'ai eu le privilège de le tenir entre les mains et j'ai eu l'impression très forte que, par ce contact, je pénétrais dans l'Histoire elle-même, tumultueuse et effrayante, de l'Europe orientale.

Dans ce roman, l'aventure du héros rappelle par bien des aspects la fuite du prince Alexandre de la cour de Russie, et son mariage qui donna naissance à la branche royale des Battenberg de Mountbatten.

1

Les roues de la voiture soulevaient un nuage de poussière, tout le long du chemin conduisant au palais. Pauline, songeuse, se demandait pourquoi la princesse Margarita l'avait fait appeler. Certes, elles étaient très liées et ne restaient jamais long temps sans se voir mais, la veille encore, elles étaient ensemble. Quelle raison urgente exigeait donc une nouvelle rencontre ?

Lorsque Sir Christopher Handley, le père de Pauline, s'était vu confier le poste de ministre de Sa Majesté Britannique auprès du duché royal d'Altauss, il en avait manifesté un tel accablement qu'elle s'attendait à se trouver isolée de tout, sans relations possibles, dans un pays perdu. Or, dès son arrivée, elle avait été séduite par le site. Altauss était un bijou dans un écrin de hautes montagnes qui le séparaient, d'une part de la Prusse, de l'autre de la Saxe et de l'Autriche. Les habitants étaient charmants, accueillants, et apparemment très satisfaits de l'administration du grand-duc. Pauline et son père en avaient été étonnés et ravis.

Pauline se souvenait qu'en apprenant sa nomination, Sir Christopher avait protesté :

— Et voilà ! On nous exile au fin fond d'un pays impossible ! Il ne nous reste plus qu'à nous incliner bien bas et à faire des courbettes à l'un de ces monarques au petit pied qui se croient sortis de la cuisse de Jupiter parce qu'ils sont maîtres absolus d'un royaume minuscule. Je parie qu'il est autoritaire, tu verras ! que c'est un despote haï de son peuple, comme le sont tous ces personnages à qui l'on permet de gouverner sous prétexte qu'ils sont de sang royal.

Pauline, qui aimait beaucoup son père, était désolée pour lui, mais encore plus pour elle-même. Elle savait que ce poste était une « punition », et cette punition lui paraissait injustifiée.

Sir Christopher n'était pas responsable de sa grande séduction ! Si les femmes le jugeaient irrésistible, ce n'était tout de même pas sa faute ! Mais il était évident que ses « affaires de cœur » alimentaient les bavardages de la Cour d'Angleterre et que le ministère des Affaires étrangères commençait à trouver que la mesure était comble. Or, Sir Christopher, qui avait déjà été vice-ministre de Sa Majesté à Rome, espérait bien être nommé un jour ambassadeur à Paris. Pour lui, ç'eût été le couronnement normal d'une carrière diplomatique.

Malheureusement... une très belle comtesse italienne l'avait trouvé à son goût. Le mari avait provoqué Sir Christopher en duel et déchaîné un tel scandale qu'on expédiait à présent le malheureux séducteur à l'un des postes les plus obscurs d'Europe.

Quelle tristesse — et quelle injustice ! Après tant d'aventures amoureuses sans conséquences pour sa carrière, c'était maintenant, alors qu'il allait atteindre les sommets, qu'on lui infligeait pareil châtiment pour ce qu'il considérait comme une peccadille.

Il en restait affecté au point que Pauline ne voyait comment le réconforter. Une fois de plus, elle pensait que si sa mère vivait encore, rien de tout cela ne se serait produit.

Jamais deux êtres au monde n'avaient été plus étroitement unis, plus amoureux l'un de l'autre que son père et sa mère. L'image même du bonheur... Quand une mauvaise fièvre, en moins d'une semaine, avait emporté Lady Handley, Pauline avait cru que son père ne parviendrait pas à surmonter son chagrin.

Il ne fut pendant longtemps que l'ombre de lui-même. Et puis, comme d'autres se tournent vers l'alcool, Sir Christopher avait cherché consolation et oubli dans les bras des femmes les plus belles. Il n'avait que l'embarras du choix : elles s'offraient à lui...

Mais, connaissant l'atmosphère cosmopolite où l'obligeait à vivre la situation de son père, Pauline savait fort bien qu'aucune de ces femmes ne prendrait la place de sa mère dans le souvenir ou dans le cœur de Sir Christopher.

Et voilà qu'à cause de l'une d'elles — qui n'avait pas eu pour lui plus de prix que les autres ! — il venait d'être expédié au grand-duché d'Altauss... C'était l'exil. On l'aurait envoyé en Sibérie qu'il n'eût pas été plus affecté.

Dès qu'ils furent arrivés, Pauline comprit cependant que le châtiment était loin d'être terrible. Le grand-duc Louis était un homme intelligent, non dénué d'humour. Il s'entourait des personnalités les plus diverses : sportifs, bons cavaliers et excellents chasseurs, mais encore hommes cultivés comme il l'était lui-même.

De plus, tandis que Sir Christopher se faisait immédiatement des relations, Pauline se voyait offrir par la fille du grand-duc, la princesse Margarita, une chaude amitié, qu'elle n'avait encore rencontrée dans aucun des pays où elle avait vécu.

La princesse était brune, jolie, avec un regard pétillant et une grâce toute féminine qu'elle tenait de sa mère, d'origine polonaise. Admirable cavalière, elle avait hérité ce don, sans aucun doute, de sa grand-mère hongroise. Pauline trouvait cela extraordinaire et elle en était éblouie. Elle-même avait du sang hongrois dans les veines et montait si bien qu'elle provoquait l'enthousiasme des hommes et la jalousie des femmes.

La très vive sympathie que les deux jeunes filles avaient éprouvée immédiatement l'une pour l'autre s'était transformée en une véritable affection lorsqu'elles avaient constaté leurs nombreux points communs. L'une et l'autre parlaient plusieurs langues. Pauline les avait apprises en accompagnant son père dans les pays étrangers. Toutes deux pouvaient ainsi converser aussi bien en français qu'en italien, en allemand comme en russe, et elles ne s'en privaient pas, amusées de pouvoir se confier devant les gens des choses dont ils ne saisissaient que des bribes.

La princesse en profitait le plus souvent pour critiquer des personnes présentes ou s'en moquer, ce qui lui attira de la part de Pauline un sérieux avertissement :

— Vous devriez vous méfier, Altesse ! Si l'un de ces personnages importants se doute que nous rions de lui, je risque fort de me trouver en disgrâce auprès du corps diplomatique, au moins autant que l'est en ce moment mon pauvre papa.

Margarita protesta :

— Je ne parviens pas à croire que votre père soit en disgrâce auprès de qui que ce soit. Il est si charmant que, quel que soit le crime qu'il pourrait commettre, il lui serait immédiatement pardonné ici.

Pauline pensait que cela serait en effet possible, même ailleurs, si le corps diplomatique était composé de femmes ! Mais il s'agissait, en l'occurrence, de messieurs mûrs et compassés qui prenaient au tragique la moindre protestation émanant de l'étranger.

Cependant, après cinq mois passés à Altauss, Pauline avait repris espoir Les rapports concernant son père devaient maintenant être si favorables que les péchés anciens, consignés dans de vieux dossiers, ne risquaient plus d'être exhumés et seraient bientôt oubliés. D'autre part, elle ne souhaitait pas le moins du monde être rappelée en Angleterre. Elle avait fait la connaissance de jeunes hommes séduisants avec qui elle aimait danser ou pique-niquer dans les collines, au pied de la montagne.

Depuis que la température s'adoucissait, Pauline espérait que la princesse — bien qu'on veillât sur elle avec beaucoup de sollicitude — serait autorisée à se baigner et à nager dans l'un des nombreux lacs, tous magnifiques, qui abondaient dans le pays.

Tandis que la voiture roulait en direction du palais ducal, Pauline Handley se remémorait par bribes son passé récent, tout en faisant le point sur ses sentiments.

Le résultat fut qu'elle murmura, pour elle-même, en souriant :

— Je me plais beaucoup, ici. J'aimerais y rester encore longtemps...

La route était en pente raide à l'approche du palais, mais les chevaux n'en gardaient pas moins une bonne allure, car ils sentaient l'écurie. On apercevait déjà le château de conte de fées, fièrement dressé au-dessus de la vallée. Les arbres fruitiers et les fleurs coloraient de bleu et de rose le versant des collines vertes, à cette époque de l'année.

Pauline regardait le ciel. Il semblait se refléter dans ses yeux verts ; du même vert que ceux de son père.

Ses cheveux étaient d'or pâle, son teint clair et transparent, son visage en forme de cœur, ses pommettes ombrées par de longs cils gracieusement recourbés. Tant de fraîcheur faisait croire que Pauline n'était encore qu'une enfant, mais elle était trop fine et sensible pour que l'on gardât longtemps l'illusion de sa naïveté.

Il était curieux — et intéressant — de voir combien son expression pouvait se transformer, passer de la candeur à l'ironie la plus provocante, tandis que deux fossettes se creusaient de chaque côté de sa bouche.

La princesse l'avait remarqué un jour :

— Votre visage est inquiétant, Pauline.

— J'espère bien que non ! Ce n'est pas très gentil de me dire ça.

— Ne vous méprenez pas... Je me suis mal exprimée. Je veux dire que, par instants, on a l'impression que vous méditez une farce ou quelque bon tour. Ou que vous vous moquez intérieurement de quelqu'un, de quelque chose. Cela ajoute à votre séduction, d'ailleurs !

Pauline avait éclaté de rire. Cela lui rappelait un Italien, à Rome : après l'avoir accablée de compliments, il lui avait dit à peu près la même chose :

— J'ai l'impression de me trouver en face d'un ange. Je devrais m'agenouiller, brûler un cierge... et puis... vous souriez un peu, et je réalise que vous êtes un petit démon, venu tout exprès de l'enfer pour me tourmenter !

12

Elle avait ri aussi, ce jour-là. Mais elle se souvenait que sa nourrice avait une théorie à elle, et qu'elle la lui avait exposée en ces termes : Nous avons tous deux natures. A notre droite se tient un ange, et à gauche un démon. Chacun d'eux nous parle à l'oreille. Et c'est à nous de savoir lequel des deux nous devons écouter.

Il était souvent arrivé à Pauline de rester silencieuse et attentive pour entendre les voix de l'ange et du démon. Il lui semblait que, souvent, ce que chuchotait le diable était bien plus intéressant !

La voiture franchit enfin l'entrée monumentale du palais. Les hommes en faction, debout à côté de leurs guérites, présentèrent les armes. Pauline les connaissait. Elle se pencha pour leur faire un salut amical. Ces deux-là étaient très séduisants dans leur bel uniforme rouge et blanc.

Un valet l'attendait pour la conduire, à travers le hall imposant — orné de statues du grand-duc et de portraits représentant son épouse bien en chair — jusqu'à l'escalier couvert d'un épais tapis rouge, puis tout au long du couloir qui conduisait aux appartements de la princesse.

Pauline y était venue si souvent qu'elle eût été capable de trouver seule son chemin. Mais elle n'avait pas l'intention de manquer aussi gravement à l'étiquette. Les valets n'auraient pas compris sa requête si elle la leur avait présentée.

Elle suivit donc l'homme qui la conduisait : gras, plus très jeune, et transpirant abondamment sous sa perruque blanche. Elle se fût rendue trois fois plus vite chez Margarita sans son guide !

Arrivé devant la porte des appartements princiers, l'homme frappa à l'huis. La porte à deux battants, peinte en bleu et artistement décorée de fleurs épanouies, fut ouverte par une camériste qui plongea dans une révérence.

— Nous sommes heureuses de vous voir, mademoiselle. Son Altesse Royale n'a pas cessé de vous réclamer.

— Je suis accourue immédiatement, dès que j'ai reçu son courrier, et pendant tout le trajet, les chevaux avaient des ailes aux sabots, je vous assure !

La camériste hocha la tête.

— Nous aimerions avoir des ailes aux pieds, nous aussi...

Elles traversèrent une pièce, très vaste, après quoi, ouvrant une seconde porte, la camériste annonça :

— Mademoiselle Pauline Handley, Votre Altesse.

Margarita bondit de la chaise où elle était assise en poussant un cri de joie. Différents objets qui étaient sur ses genoux s'éparpillèrent sur le tapis en tombant.

— Pauline ! Dieu merci, vous êtes là ! Je commençais à croire que vous m'aviez abandonnée !

— Vous abandonner ! Mais comment le pourrais-je ?

— Il fallait que je vous voie. J'ai tant de choses à vous raconter ! Je suis sûre que vous allez m'aider.

La camériste avait refermé la porte derrière Pauline. Elles étaient seules. La princesse prit la jeune fille par la main pour la conduire jusqu'au canapé.

— Vous savez ce qui m'arrive ?

— Non. Je ne vois pas...

La princesse retint son souffle, puis murmura :

— Je me marie.

Pauline, qui s'attendait à tout sauf à cette nouvelle, resta ébahie.

— Mais... avec qui ? interrogea-t-elle.

Elle essayait de se remémorer les jeunes gens de haute noblesse qui étaient invités aux bals, mais aucun d'eux ne lui paraissait digne de devenir l'époux de la princesse, bien qu'ils fussent tous excellents danseurs...

Margarita avait pris la main de son amie dans la sienne. Elle mit un certain temps à répondre... par une nouvelle question :

— Pouvez-vous me promettre, sur ce que vous avez de plus sacré, que vous ferez ce que je vais vous demander ?

Pauline sourit.

— Je ne peux rien promettre avant de savoir de quoi il s'agit.

— Oh ! c'est très simple. Je veux que vous m'accompagniez en Russie.

— En Russie ? Mais... que se passe-t-il ? Vous allez... vous allez épouser un Russe ?

Margarita hocha la tête.

— Mon père me l'a appris hier soir. Oh ! Pauline... d'une certaine façon, c'est exaltant... mais, d'un autre côté, je suis terrorisée. Aller vivre si loin de mon père... et seule, dans un pays étranger !

Pauline serrait affectueusement dans les siennes les mains de la princesse.

— Racontez-moi... En commençant par le commencement ! Je ne parviens pas à comprendre ce qui vous arrive.

— Vous ne pouvez être plus déroutée que je ne le suis moi-même.

Machinalement, la princesse se passa une main sur le front et commença :

— Hier soir, après votre départ, père m'a fait appeler. Dès que je suis entrée dans son bureau, j'ai compris à son air qu'il était ravi. Mais je ne pouvais supposer... Enfin, je n'avais pas la moindre idée de... de ce qui m'attendait.

Pauline n'insista pas : elle se sentait vaguement émue devant son amie qui restait ravissante bien que son regard fût assombri par une évidente appréhension. Il ne fallait pas la presser ; il fallait lui laisser le temps de trouver ses mots. Margarita reprit :

— C'est alors qu'il me l'a dit.

— Vous a dit quoi ?

— Vous savez que mon frère Maxime séjourne en Russie ?

— Oui, en effet. Et aussi que le prince a reçu du tsar l'offre de vivre à la Cour et de servir dans l'Armée impériale.

Pauline avait déjà entendu cette histoire de nombreuses fois mais, comme elle ne connaissait pas le prince Maxime, qu'elle n'avait jamais vu, cela ne l'avait pas intéressée outre mesure.

— Le tsar aime beaucoup Maxime. Au point qu'il l'a promu au grade de major général, parce qu'il s'est comporté remarquablement pendant la guerre du Caucase.

— Votre père a dû se sentir très fier !

Pauline connaissait l'orgueil du grand-duc. Le fait que son unique fils se fût distingué sur le champ de bataille avait d'ailleurs enthousiasmé le duché tout entier, comme si un peu de sa gloire rejaillissait sur chacun de ses sujets.

— Oh ! oui. Il en avait les larmes aux yeux... Et, de plus, dans la lettre reçue hier, où Maxime annonçait à père qu'il avait été décoré de l'ordre de saint Georges, il...

Pauline interrompit familièrement son amie :

— Ah ! bon... C'est cela qui...

— Pas du tout ! non !...

— Je ne comprends pas. Votre frère a été promu major général par le tsar... et hier...

— Hier il a écrit qu'il était décoré de l'ordre de saint Georges ! De plus, il ajoutait...

Margarita s'arrêtait encore, s'amusait de l'impatience de Pauline.

— Il ajoutait quoi, Altesse ?

La princesse acheva enfin :

— Que le tsar donnait son consentement au mariage de son cousin, le grand-duc Vladirvitch... avec moi !

Pauline écarquilla les yeux. Elle n'avait qu'une très vague connaissance de la hiérarchie à la cour de Russie, mais sa situation de fille de diplomate lui avait tout de même permis d'apprendre que le grand-duc Vladirvitch était un personnage très important, sans compter que le fait d'être cousin du tsar lui conférait un énorme prestige.

En dépit de quoi elle continuait à penser que le bonheur, pour un couple, a infiniment plus de valeur qu'un titre, si prestigieux soit-il.

— Vous avez déjà rencontré le grand-duc ? demanda-t-elle.

— Juste une fois. Et ce qui est grave, Pauline, c'est que je ne me souviens plus du tout de son visage... Il n'est passé ici que pour une courte visite. Il se trouve que le palais était plein d'une foule d'invités venus de partout en Europe pour célébrer les noces d'argent de mon père et ma mère.

Pour la première fois depuis leur entretien, une ombre de vrai sourire passa sur le visage de la princesse.

— L'empereur d'Autriche avait un aide de camp très séduisant, avec qui j'ai bavardé et dansé pendant toute la soirée. Je n'ai prêté que peu d'attention aux autres, je le confesse.

— Le grand-duc, lui, vous a vraisemblablement remarquée.

— C'est ce qu'écrit Maxime ! Non seulement il m'a remarquée, mais il ne m'a pas oubliée, et il veut m'épouser. Avec le consentement déjà acquis du tsar, évidemment !

— Oh ! ma chérie... Je ne peux qu'espérer que vous serez heureuse, très heureuse !

— Mais la Russie est si loin !... Je ne peux envisager d'y aller que si vous m'accompagnez.

— A quel titre ? Ne pensez-vous pas qu'on trouverait bizarre que...

— Vous viendrez en qualité de dame d'honneur. Je n'ai pas l'intention d'emmener cette vieille baronne Schwaez, un vrai bonnet de nuit ! Et je doute d'ailleurs qu'elle consente à être du voyage. Elle a une nombreuse famille et elle passe son temps à se plaindre d'en être séparée. Ce sera l'occasion pour elle d'aller la retrouver.

— Mais je ne sais pas si... si mon père me... donnera l'autorisation de partir, objecta Pauline.

— Si j'explique à Sir Christopher à quel point j'ai besoin de vous... et si je lui promets de ne pas vous retenir trop longtemps... je suis certaine qu'il comprendra. Je vous en prie, Pauline, je vous en supplie... vous ne pouvez pas m'abandonner alors que votre présence me serait si précieuse ! Vous m'êtes indispensable !

Pauline était ébranlée. Mieux que quiconque, elle connaissait la sensibilité de la princesse Margarita, sa pusillanimité, ses craintes... Il était évident que le fait de quitter son pays, surtout pour aller vivre dans la lointaine Russie, représentait pour elle une épreuve à laquelle elle n'avait nullement été préparée. Une Russie non seulement lointaine mais effrayante, car les bruits qui couraient sur Nicolas Ier, en particulier, s'ils n'étaient pas le fruit d'imaginations perverses, avaient de quoi épouvanter.

Pauline pensait qu'on ne pouvait rien concevoir de pire que d'être mariée à un Russe, et de devoir vivre sous des lois et des règlements arbitraires, que même les plus souples des diplomates décrivaient comme « tyranniques » et même « déments ».

Mais, parce qu'elle aimait Margarita et la voulait heureuse, elle jugea inutile, dans les circonstances présentes, de lui communiquer ces renseignements puisés à bonne source. Cela ne pourrait que l'affoler sans modifier en rien la situation. On venait d'offrir à la princesse un rang dans le monde dont l'importance et l'éclat dépassaient de très loin ce que son père avait pu imaginer pour elle dans ses vœux les plus optimistes.

Quoi que fasse ou dise la princesse, elle serait mariée au grand-duc Vladirvitch, car on ne saurait refuser pareille union. Pauline devait encourager son amie et la mettre en confiance.

— Vous avez vraiment beaucoup, beaucoup de chance, Altesse, et je suis persuadée que vous serez heureuse, assura-t-elle.

— Même en Russie ?

— Pourquoi pas ? Et à notre époque, où les voyages sont rendus tellement plus faciles et plus courts grâce au chemin de fer, j'espère bien que votre époux vous emmènera à Paris, à Londres, et dans le Midi de la France.

— Père disait l'autre jour que les aristocrates russes aimaient la France parce que c'est le pays de la joie, mais qu'en général ils y allaient sans leurs femmes, s'étonna Margarita.

A cette remarque, Pauline préféra ne pas répondre. Aussi, changea-t-elle de sujet :

— Le tsar et sa famille ont une fortune fabuleuse ! Vous allez vivre dans un luxe extraordinaire !

— Oui, murmura Margarita comme pour elle-même. Et je serai quelqu'un de tout premier plan à la Cour.

— C'est évident ! Papa me disait un jour que les aristocrates russes possédaient les plus beaux joyaux du monde. Vous resplendirez dans les bals du Palais d'Hiver !

L'expression encore tendue de Margarita devenait peu à peu plus sereine. Elle s'obstina néanmoins :

— Je refuse d'aller là-bas sans vous !

— Je ne peux rien vous promettre avant d'avoir parlé à mon père.

— Je vais dire au mien d'intervenir auprès de lui. On ne sait jamais ce qui pourrait résulter de votre séjour là-bas ! Imaginez que le tsar vous prenne en amitié et demande au gouvernement britannique d'envoyer votre père à Saint-Pétersbourg comme ambassadeur ?

— Je parie qu'avant longtemps, plaisanta Pauline, tous vos amis seront casés, à la cour de Russie.

— Pourquoi pas ? Si je suis promise à une si haute destinée, j'imagine que je pourrai faire ce que je voudrai ! Pour l'instant, c'est vous que je veux, Pauline, bien avant toute parure, qu'elle soit d'émeraudes ou de diamants.

Pauline comprit que la princesse envisageait déjà ce que serait sa vie en Russie et qu'elle était donc résignée à s'y rendre. Elle aiguilla la conversation sur l'existence qu'elle y mènerait, et les deux jeunes filles se mirent à échanger avec entrain le peu de connaissances qu'elles avaient sur les mœurs et les traditions de ce pays.

Le moment vint enfin où il leur fallut se séparer. La princesse ne se résignait pas à laisser partir son amie sans avoir obtenu d'elle une promesse formelle.

— Jurez-moi, jurez-moi, Pauline, que vous ne m'abandonnerez pas. Bien que mon frère soit là-bas, ce ne sera pas la même chose que de vous avoir, vous ! Aucun homme n'est capable de comprendre ce que cela représente pour une jeune fille d'épouser quelqu'un dont elle ignore tout. C'est... angoissant !

Pauline la comprenait parfaitement : à sa place, elle eût été aussi effrayée. Mais elle savait que les mariages princiers se décident sans tenir compte des sentiments, qu'ils sont affaires d'État. Si le tsar avait décidé cette union, elle se ferait, de gré ou de force.

Tandis qu'elle regagnait sa voiture, Pauline pensait qu'elle avait une certaine chance de faire partie du commun des mortels. Son père et sa mère s'étaient mariés par amour et c'est pourquoi ils avaient été si heureux.

Quand je me marierai, moi aussi, ce sera parce que j'aimerai mon époux. Il m'importera peu d'habiter un palais ou une chaumière aussi longtemps que nous serons ensemble... se disait-elle.

Elle vivait depuis trop longtemps dans le monde des diplomates pour ignorer que cette liberté de choix n'est laissée qu'aux gens sans importance. Certainement pas à ceux qui peuvent s'enorgueillir d'avoir du sang royal dans les veines.

Certes, le grand-duc Vladirvitch avait trente-cinq ans alors que Margarita en avait dix-huit. Mais elle avait de la chance : on aurait aussi bien pu la choisir comme épouse pour un quinquagénaire ; l'essentiel étant qu'il pût encore engendrer un héritier pour assurer la pérennité de sa lignée avant de mourir.

Les mariages de convenance sont une chose abominable, murmura Pauline.

Elle savait que peu de gens partageaient son avis mais, pour elle, il était criminel d'obliger une jeune fille, sans tenir compte de ses sentiments personnels, à contracter une telle union. Quand on était de sang royal, on devait épouser quelqu'un de sang royal. Quand on était noble, quelqu'un de sang noble.

Quelle horreur! Je tomberai peut-être amoureuse d'un fonctionnaire, ou d'un sans-grade qui n'aura pour tout bien que son bel uniforme de soldat!

Cette idée la fit sourire. Elle lui était venue juste à la minute où sa voiture pénétrait dans la cour du consulat de Grande-Bretagne, l'Union Jack flottant au vent au-dessus du portail, et à l'instant où les sentinelles lui présentaient les armes.

Elle sauta à terre sans attendre aucune aide et se précipita à l'intérieur en demandant au premier valet qu'elle rencontra:

— Où est Son Excellence?

— Dans son bureau, mademoiselle.

Elle pénétra en trombe chez son père, avec l'espoir de l'y trouver seul. Par chance, c'était le cas. Assis dans un profond fauteuil de cuir, un journal déployé sur les genoux, il reposait, la tête renversée, les yeux clos.

Elle courut à lui.

— Papa! Hou, hou... Papa!

D'une voix sourde, il murmura:

— Oh! c'est toi?... Je rêvassais, tu vois...

Elle avait ôté son chapeau et le jetait au loin sur une chaise — d'où il tomba, d'ailleurs. Tandis que Pauline s'agenouillait devant Sir Christopher, sa jupe légère formait autour d'elle une large corolle.

— Écoutez, papa, écoutez! J'ai quelque chose à vous apprendre...

Il la regarda, attendri par ce visage animé qui lui rappelait celui de sa femme chérie...

Comme elle lui ressemblait ! Posant sa main sur l'épaule de Pauline, il l'attira vers lui, comme pour sentir sa présence et la retenir, pour qu'elle ne le quitte pas elle aussi, un jour...

— Je rentre du palais, papa. Devinez ce qui arrive !

Il sourit.

— Le grand-duc Vladirvitch a demandé la main de la princesse.

— Oh ! Vous le saviez !

— Le Premier ministre me l'a dit à l'issue de la conférence que nous avons tenue cet après-midi. C'est un grand honneur, non seulement pour le grand-duc d'Altauss, mais pour tout son peuple.

— Et croyez-vous que Margarita sera heureuse ?

Il haussa les épaules.

— Espérons-le ! Il n'y a aucune raison de croire que Vladirvitch ressemble à son impérial cousin. Ce n'est évidemment pas à souhaiter, dans l'intérêt de ton amie.

Pauline retint son souffle deux secondes avant de lâcher d'une traite :

— Elle dit qu'elle n'ira pas en Russie si je ne l'y accompagne pas.

— Et... qu'as-tu répondu ?

— Elle m'a suppliée de lui servir de dame d'honneur. Elle refuse catégoriquement la compagnie de la baronne, et il lui faut cependant quelqu'un.

— Mais pourquoi toi ?

— Elle a confiance en moi. Je crois qu'elle m'aime bien.

Sir Christopher regarda dans le vague, très loin.

— Je ne m'attendais pas à cela, je l'avoue.

— Moi non plus. Je n'avais pas compris pourquoi la princesse me convoquait d'urgence au palais, alors que je m'y trouvais hier !

Sir Christopher se taisait. Pauline attendit un instant avant de reprendre :

— Je sais que vous n'avez aucun désir que je vous quitte, papa, mais la princesse a beaucoup insisté sur le fait qu'elle ne partirait pas sans moi. Bien sûr, elle serait bien obligée de s'y résigner. Mais j'estime qu'il serait fâcheux pour son avenir qu'elle arrive là-bas, seule et contrainte.

— Je suis de cet avis, moi aussi.

Après un moment de réflexion, il convint à regret :

— En un sens, il peut être intéressant et instructif pour toi de visiter la Russie.

En souriant, Pauline précisa :

— La princesse est sûre que je pourrai convaincre le tsar de demander à Londres que tu sois nommé ambassadeur à Saint-Pétersbourg.

Un éclat de rire lui répondit.

— La chose me paraît bien improbable, étant donné que je suis en pleine disgrâce. Mais on ne sait jamais comment évoluent les choses.

— Puis-je apporter votre accord à la princesse, papa ?

— Je ne voudrais pas que tu prennes trop vite une décision si ce projet te déplaît. Cependant, si ton séjour là-bas ne doit durer que quelques mois, je m'accommoderai comme je pourrai de ton absence.

— Mais je vais vous manquer, n'est-ce pas ?

— Naturellement, ma petite chérie. Tu sais tout ce que tu représentes pour moi. Je me sentirai très, très seul...

Pauline eut un sourire taquin.

— Je suis sûre que vous aurez autour de vous un essaim de jolies femmes qui s'empresseront de vous consoler. En fait, tout à l'heure, en revenant du palais, je me demandais si je n'allais pas trouver ici la baronne von Butzwelle en train de vous contempler avec adoration.

Ils éclatèrent de rire ensemble.

— Elle est très belle! reprit Pauline. Quoique, à la réflexion, je doute qu'elle ait aussi bon caractère et qu'elle soit aussi tendrement soumise que la *contessa* Valmaro.

Sir Christopher secoua la tête avec une indulgence amusée.

— Au lieu de me choisir des femmes en soupesant leurs qualités respectives, tu ferais mieux de penser à choisir pour toi-même quelques soupirants convenables. Tu n'as pas l'air de t'en préoccuper!

— Je voulais simplement vous démontrer que vous ne serez pas seul en mon absence! Alors que moi, là-bas, je le serai vraiment, et que je m'ennuierai terriblement de vous, papa. Promettez-moi de mettre comme condition formelle à ma mission qu'elle n'excédera pas trois mois. Au plus!... Et que l'on devra me rendre à vous, comme dans tout contrat de location, « intacte et n'ayant subi aucun dommage ». C'est entendu?

— Entendu! Sois tout à fait rassurée. Je trouve que trois mois, c'est déjà très long.

— Moi aussi. Qu'il soit bien entendu que vous n'accorderez votre permission qu'à condition que je sois de retour ici en juillet.

— Parfaitement! Et si on te garde plus longtemps, je viendrai te chercher moi-même.

Pauline avait entouré le cou de son père de ses bras et pressait sa joue contre la sienne.

— Je vous aime, papa, j'aime être auprès de vous... mais je suis très attachée aussi à la princesse et j'ai le sentiment qu'il est de mon devoir de l'empêcher d'être malheureuse. Je voudrais même pouvoir la rendre heureuse...

— C'est le rôle d'un mari, mon enfant. Mais il est évident que tu peux l'aider à vaincre sa timidité et à surmonter l'appréhension légitime qu'elle éprouve à devenir, même par alliance, la cousine du tsar.

— Est-il vraiment si redoutable ?

— J'ai peur que les bruits qui courent sur son compte ne soient exacts. Ils sont trop horribles pour qu'on ait pu les inventer. Mais il n'en demeure pas moins qu'il est très attaché à ses proches et Margarita aura certainement droit à un traitement de faveur. Elle deviendra « princesse du sang » par alliance, ce qui la met à l'abri de bien des ennuis.

— Oui, c'est certainement à considérer.

— Tout de même... arrange-toi pour qu'elle entende le moins de racontars possible au sujet de Sa Majesté Impériale, recommanda Sir Christopher.

— Je ferai de mon mieux. Mais il y aura toujours des gens pour penser qu'elle doit être au courant du pire et qui lui affirmeront qu'ils ne l'en informent que pour son bien...

— Eh bien, ceux-là, il vaudrait mieux leur couper la langue !... Mais tu as raison, ma chérie, tu seras auprès d'elle pour lui rendre la vie aussi paisible que possible. Tu essaieras de veiller sur elle. Tu protégeras ses illusions. Dieu sait si la vie se charge de vous les ôter ! Et cela vient toujours assez tôt.

Pauline s'était un peu écartée de son père mais elle gardait encore ses mains entre les siennes.

— Quand je serai de retour, papa... si je me marie... je ne le ferai que parce que j'aurai trouvé l'homme de ma vie, celui que je serai sûre d'aimer et dont je serai sûre d'être aimée. Je n'envisage le mariage qu'à condition qu'il m'apporte le bonheur que vous avez partagé, maman et vous.

— Je prie Dieu qu'il en soit ainsi, mais il te faudra être très prudente, tu sais. Ne pas te tromper. Il n'est pas facile, dans ces temps si tourmentés et si incertains, de trouver l'autre moitié de soi-même.

— C'est cependant ce que maman et vous étiez l'un pour l'autre, si complémentaires! Maman était si pleinement femme : douce, sensible, indulgente... Vous, vous êtes fort, volontaire, comme doit l'être un homme.

— Je l'adorais, vois-tu... Rien ni personne ne pourra jamais la remplacer. Et pourtant, Pauline, en vieillissant, tu apprendras que la vie continue et qu'elle est la plus forte. Pour autant que l'on souffre aujourd'hui, il faut faire face aux lendemains.

— Je le sais déjà, papa. Je l'ai compris, et c'est pourquoi je me reproche parfois d'être égoïste en désirant si fortement le bonheur comme un dû, alors que tant de gens ne connaissent que le chagrin.

— C'est très louable de ta part, mais parfaitement inutile. Sois heureuse autant que tu le peux, car le bonheur n'est pas quelque chose dont tu prives autrui en saisissant la part qui t'en est offerte... Rien n'est plus inéquitablement partagé que le bonheur. Il est vain de chercher à comprendre pourquoi.

Pauline porta une main de son père à ses lèvres et la baisa.

— Papa!... Je vous aime, j'aime bavarder avec vous, j'aime votre voix grave quand vous me parlez ainsi. Vous êtes merveilleux.

— Vous me flattez, ma chère! plaisanta Sir Christopher. Mais... ce n'est pas désagréable...

— Je partirai avec la princesse, mais je compterai les jours qui me sépareront de vous.

A nouveau, elle était contre la poitrine de son père qui l'y serra tendrement.

— Promets-moi, ma chérie, que tu seras très prudente. Les Russes ont du charme, ce sont des hommes qui séduisent autant par leurs regards que par leurs paroles. Mais, ne t'y trompe pas : ils ne se marient que s'ils y trouvent leur avantage.

— Ce que vous voulez me dire, papa, à mots pudiques, ironisa gentiment Pauline, c'est que les nobles de la cour de Russie auront sans doute envie de me témoigner leur amour sans la moindre intention de m'épouser. C'est ça ?

— Exactement. Les Russes nobles ne peuvent se marier sans la permission expresse du tsar qui choisit pour eux les femmes qui lui conviennent à lui ! Et il n'est pas question de discuter ses décisions.

— Peut-être, mais il y a au moins une chose dont je suis sûre ! C'est que Sa Majesté Impériale, empereur de toutes les Russies, n'a aucun droit sur Pauline Handley, dame d'honneur de la princesse Margarita. Je n'aurai d'autre raison de me trouver à sa cour que celle d'accompagner la fiancée de son cousin. Et je n'aurai pour me recommander à sa bienveillante attention qu'un seul titre : celui d'être la fille du diplomate européen le plus séduisant de toutes les chancelleries ! Un point... c'est tout !

— La définition de ta situation — mis à part la phrase qui me concerne — est parfaitement juste.

— Ne vous faites pas de souci pour moi. Vous savez que je sais tenir à distance les messieurs trop entreprenants, comme cet Italien qui me récitait des poèmes de Byron et d'autres poésies, au point qu'il en perdait le souffle !

— Je m'en souviens. C'était assez drôle. Mais les « aigles russes », comme on les appelle, sont connus pour savoir émouvoir les femmes et leur tourner la tête, ma petite fille...

— Je resterai sur mes gardes. Non seulement je boucherai mes oreilles, mais je verrouillerai mes portes !

Pauline s'attendait à voir son père sourire. Or il restait grave et soucieux. Il murmura, comme pour lui-même :

— Je suis fou de te laisser faire cela... La Russie ne ressemble à aucun autre pays, et les Russes ont quelque chose en eux de dangereux. Le « charme slave », ce n'est pas une légende, une illusion, crois-moi... J'ai connu plusieurs femmes que ce charme a réduites au désespoir et à la ruine.

— Tout ce que je peux dire, c'est qu'elles étaient un peu sottes, pour se laisser entraîner par la passion au point d'en perdre la tête ! conclut Pauline avec fermeté.

Elle pensait qu'une telle mésaventure ne risquait pas de lui arriver, à elle. Mais elle se souvint soudain du nombre de victimes de son père. Certes, il ne les avait poussées ni au désespoir ni à la ruine, mais il les avait toutes fait amèrement souffrir. Sans doute l'amour conduit-il aux pires inconséquences ? Mais les Anglais sont entraînés dès leur plus jeune âge à refréner leurs émotions et à réfléchir avant d'agir.

Sa mère et elle-même s'étaient souvent moquées des extravagances, des gesticulations et des manifestations sentimentales de certains étrangers, notamment des Latins. Lady Handley avait expliqué plus d'une fois à sa fille : Ils ne peuvent pas s'en empêcher, c'est dans leur nature. Nous, nous sommes élevés dans l'horreur de ce manque de self-control : nous apprenons à ne pas pleurer en public, à garder notre calme. Cette autodiscipline nous sert d'armure, notre vie durant.

Pauline s'était rappelé les paroles de sa mère lorsqu'elle avait vu des femmes sangloter sans retenue parce qu'elles avaient perdu quelqu'un qu'elles aimaient, ou des hommes menacer de se suicider parce qu'ils étaient frustrés de leurs espoirs.

Ces comportements lui paraissaient affectés, théâtraux, dénués de toute sincérité. Ainsi, les déclarations d'amour qu'elle avait reçues en Italie la faisaient-elle sourire : elle ne parvenait pas à les prendre au sérieux.

— Ne vous inquiétez pas, père, tout ira bien pour moi. Si je tombe amoureuse, ce sera d'un Anglais, charmant mais très sensé. Il ne me promettra rien d'extraordinaire en dehors d'une vie sage et paisible dans un amour partagé. Je n'en désire pas plus.

Sir Christopher hocha la tête.

— C'est tout ce que je souhaite, et je prie Dieu de te l'accorder. Mais, ma très chère enfant, l'amour est imprévisible... Dès qu'il s'empare de vous, toutes les bonnes résolutions s'évanouissent comme neige au soleil, soupira-t-il en caressant les cheveux de Pauline.

2

— J'ai peur, dit la princesse Margarita à voix basse.

Pauline, qui regardait la mer par le hublot, se retourna.

— Peur de quoi ?

La princesse ne voulait pas être comprise car elle s'était exprimée en anglais et non en allemand.

Avant qu'elles ne quittent le palais d'Altauss, le grand-duc Louis les avait convoquées toutes deux dans ses appartements privés.

— Je désire que vous m'écoutiez l'une et l'autre, avait-il dit gravement.

Pauline l'avait regardé avec appréhension, se demandant où il voulait en venir. Il se taisait, semblant chercher ses mots. Enfin, il reprit :

— Je pense que vous avez reçu assez d'instruction pour savoir que la Russie est très différente de l'Europe occidentale. Les mœurs, là-bas, ne sont pas exactement les mêmes que les nôtres. Nos gouvernements aiment leur peuple, le tsar est le « petit père » du sien, c'est-à-dire qu'il le surveille, l'élève à la dure et n'entend pas que son autorité subisse la moindre atteinte. De la part de quiconque !... En conséquence, la police se double d'une police secrète. Cette police secrète, le tsar actuel l'a réorganisée et a créé ce qu'il a appelé la Troisième Section.

— Cette invention me paraît pleine de menaces, père ! s'exclama Margarita.

— Effectivement. A la tête de ce nouveau département policier, le tsar a placé son ami le plus intime, le comte Benckendorff, en déclarant que celui-ci serait désormais « le médecin de la morale nationale ». Chaque ville de Russie a sa « Troisième Section ».

En disant cela, le grand-duc supposait que sa fille, pour sa part, ne saisirait peut-être pas très bien la portée de la chose, mais que Pauline, fille de diplomate, comprendrait immédiatement quels étaient les pouvoirs donnés à Benckendorff.

Elle avait déjà appris la nouvelle par son père et savait que la Troisième Section surveillait étroitement les intellectuels et terrorisait aussi la classe moyenne. Mais Sir Christopher n'avait pas jugé utile d'entrer dans les détails.

— Je vous le dis pour que vous soyez très prudentes dans les propos que vous tiendrez en Russie, quel que soit le lieu où vous vous trouverez. Au palais comme à la ville, méfiez-vous des gens qui pourraient vous entendre.

— Vous voulez dire que nous risquons d'être épiées délibérément par des hommes de main ? demanda la princesse.

— Non seulement vous serez surveillées et écoutées, mais tout ce que vous direz sera rapporté au tsar.

— En quoi cela pourrait-il l'intéresser ?

Le grand-duc sourit.

— Les Russes, du plus grand au plus humble, ont la réputation d'être curieux. Et le tsar garde l'œil sur ses sujets, dont vous allez bientôt, ma chère enfant, faire partie.

Le princesse se rebella :

— C'est odieux ! Je ne pourrai même pas parler à quelqu'un sans qu'on recueille mes propos pour les examiner à la loupe ?

— Je suis de votre avis, ma fille, et vous pouvez être certaine que cette sorte de choses ne risquent pas de se produire ici, dans mon propre palais. Mais c'est ainsi, là-bas.

— Eh bien, soyez rassuré, je ferai attention, père !

Depuis cette entrevue, les deux jeunes filles n'avaient plus fait allusion entre elles à la recommandation paternelle mais, en cet instant, sur le yacht, Pauline fut certaine que Margarita avait parlé anglais pour n'être pas comprise.

Pour plus de sûreté, elle répéta, en hongrois cette fois :

— De quoi avez-vous peur ?

Tout en posant la question, elle alla s'asseoir auprès de la princesse, sur l'accoudoir du canapé de satin où celle-ci était allongée.

Elles avaient traversé la Prusse en équipages luxueux et d'un grand confort ; elles avaient été reçues par des parents du souverain d'Altauss et fêtées de telle sorte qu'il était aisé d'en conclure que non seulement la famille approuvait ce mariage, mais en était ravie. Agréée par le tsar comme cousine, la faveur rejaillissait sur tous les parents et cousins !

Dans le port de Stettin les attendait le yacht privé de Nicolas Ier, l'*Ischora*. En montant à bord, Pauline avait eu le sentiment très net qu'elle franchissait la frontière pour passer, d'un coup, d'un territoire ami dans un autre, très différent, où on les retiendrait prisonnières.

Cependant, la première nuit à bord avait été si agréable qu'elle avait totalement oublié cette première impression pour jouir du plaisir d'être là. Ce yacht était bien différent des navires qu'elle avait connus jusqu'ici ! Les cloisons des cabines étaient de bois précieux, les meubles ravissants, les tentures et les couvre-lits de satin, les sols couverts de tapis.

Elles avaient été accueillies par l'amiral de la flotte, le prince Grundorinski, et un officier plus jeune, le comte Stroganov.

Extrêmement affables, ils étaient visiblement soucieux d'honorer la princesse et de lui donner un avant-goût de la réception chaleureuse qui l'attendait à Saint-Pétersbourg.

La nourriture à bord était délicieuse et, pendant les repas, un orchestre jouait des mélodies russes en sourdine, de façon à ne pas gêner la conversation des convives.

Le jour précédant l'embarquement, le trajet avait été long et les deux jeunes filles étaient si lasses qu'elles s'étaient retirées, chacune dans sa cabine, en se disant bonsoir, sans trouver le courage d'entamer la moindre conversation.

Le lendemain matin, après le petit déjeuner, elles se retrouvèrent. Pauline devina que la princesse avait hâte de se confier.

— J'ai très peur, reprit Margarita, parce que, lorsque père repartira, si je... si je ne suis pas très sûre de vouloir épouser le grand-duc, ni... ni personne d'autre, que ferai-je ?

Pauline sourit, indulgente.

— Vous vous marierez forcément un jour, et vous êtes si belle que vous ne manquerez pas de prétendants ! Mais vous devez vous rendre compte que, puisque le tsar a donné son accord à ce mariage, c'est vraiment le plus brillant que vous puissiez faire !

La princesse restait silencieuse, la main sur le bras de Pauline comme sur une bouée de sauvetage.

— Imaginez, dit-elle enfin, que ce soit un homme dégoûtant et laid ?

C'était une hypothèse que Pauline avait déjà envisagée pour elle-même. Tandis qu'elles roulaient vers Stettin, elle s'était demandé ce qu'elle ressentirait s'il lui fallait se rendre dans un pays étranger pour y épouser un homme qu'elle n'avait jamais vu ou, si elle l'avait vu, qu'elle avait oublié au point de n'avoir plus la moindre idée du personnage.

Et elle s'était avoué qu'elle en serait épouvantée. Une situation, pour elle, impensable !... Jamais, jamais, pour autant qu'on tentât de l'en persuader, et quels que fussent les moyens employés, elle n'accepterait d'épouser un inconnu, un homme qu'elle n'aimerait pas !

Mais, en tant que fille de diplomate, elle savait qu'il n'était pas question pour les Altesses Royales de choisir leur conjoint. Margarita subissait le sort attaché à sa haute naissance, tout simplement...

Cependant, elle en fut émue. Bien que du même âge que la princesse, elle se savait plus mûre et plus informée.

— Tout ira bien, vous verrez, assura Pauline. Vous ne vous souvenez pas du grand-duc, mais lui vous a remarquée, donc il vous aime. Il paraît qu'il est bel homme et plein de charme. Pourquoi vous déplairait-il, cette fois ? Vous en tomberez peut-être amoureuse au premier regard. De toute façon, il ne peut être répugnant, voyons !

— Si vous pouviez dire vrai !

La princesse s'était levée pour aller regarder par le hublot. Le ciel était couvert et la mer grise, sans un reflet. Elle murmura pour Pauline qui l'avait rejointe et se tenait debout derrière elle :

— S'il me déplaît... et la Russie aussi... je m'enfuirai !

Se retournant brusquement, elle prit Pauline aux épaules.

— Promettez-moi, Pauline, promettez-moi que si je me sauve vous me suivrez !

— Évidemment, ma chérie, mais je suis certaine que vous ne le ferez pas. Votre père a dit que le grand-duc était un homme en qui il avait toute confiance, et vous savez que, dans le cas contraire, il n'aurait jamais autorisé ce mariage.

Margarita haussa les épaules, presque rageusement.

— Mon père ne pense pas à moi, mais à Altauss ! Oh ! Pauline, quelle chance vous avez de n'être pas de sang royal !

C'était exactement ce qu'elle se disait aussi, mais Pauline jugea qu'il serait maladroit d'en convenir. Elle préféra répondre, en italien :

— Nous devrions faire plus attention aux paroles que nous échangeons, Altesse. Il vaut mieux éviter que le tsar soit mis au courant de vos sentiments.

— Voilà encore une chose qui me fait peur, Pauline. Qui nous écoute, en ce moment ? Qui va s'empresser de courir jusqu'au tsar, quand nous serons au palais, pour lui dire que je redoute mon futur époux, le tsar lui-même, et toute la Russie ?

Pauline sourit.

— Si quelqu'un s'en charge, il faut admettre que cela sera très compréhensible. Normal, en somme...

— Pas pour moi ! J'en ai déjà assez, de cette atmosphère... Je veux être heureuse ! Je veux être chez moi et danser joyeusement avec tous ces beaux aides de camp qui valsent si bien et qui me murmuraient des choses charmantes à l'oreille.

Pauline éclata de rire.

— Mon Dieu ! Vous savez qu'au fond ils sont mortellement ennuyeux ! Ils racontent toujours les mêmes fadaises, jour après jour...

Margarita en convint en riant, elle aussi :

— C'est vrai... mais pensez-vous que les Russes aient plus d'imagination ?

— Nous le saurons bientôt. Il faut attendre et voir...

Le lendemain, le ciel était dégagé. Le soleil illuminait une mer calme. Au loin, se dessinaient les tours de Tallin qui, d'après l'amiral, se trouvaient exactement à vingt-quatre heures de Saint-Pétersbourg.

Alors, dans la nuit, se leva l'aurore boréale. La mer semblait de cristal. Tout le monde, après le dîner, se réunit sur le pont, les deux jeunes filles enveloppées dans des fourrures, tandis que l'équipage offrait aux passagères un spectacle de danses et de chants.

Pauline s'était attendue à une manifestation folklorique originale, sans imaginer qu'elle serait d'une telle qualité. Tant de souplesse et de grâce de la part d'amateurs, c'était prodigieux !

Leurs sauts étaient parfois d'une exubérance sauvage qui troublait, en provoquant une exaltation heureuse et bizarre. Mais lorsqu'ils chantèrent, Pauline se sentit saisie par une émotion à laquelle elle n'était guère préparée et qui lui gonfla le cœur, presque jusqu'aux larmes.

Son père, amateur de musique, l'avait maintes fois conduite à l'opéra, en Italie, et quelques grands chanteurs étaient même venus à l'ambassade, au cours de réceptions offertes à des hôtes de marque. Jamais encore elle n'avait ressenti cette plénitude de joie pure, dans son corps et dans son âme. Jamais elle n'avait été touchée aussi profondément par des chants qui éveillaient en elle tout un monde de sensations inconnues.

Elle ne comprenait pas ce qui lui arrivait, ni pourquoi son cœur battait sur ce rythme fougueux. Elle avait l'impression d'être elle-même un élément de cette nuit splendide, à l'égal des étoiles...

Lorsque les chants cessèrent et que le prince Grundorinski donna le signal des applaudissements, ce fracas soudain la ramena sur terre, légèrement étourdie, mais comblée.

Aussi fut-elle très surprise lorsque, de retour dans la cabine de la princesse, elle entendit cette dernière déclarer d'un air dégoûté :

— J'espère que les spectacles qui nous seront offerts à Saint-Pétersbourg seront de meilleure qualité !

— De meilleure qualité ?

— Vous avez vu ces hommes, comme ils sont grossiers et vulgaires ? Et sur le plan artistique on aurait pu trouver quelque chose de plus élaboré, tout de même !

Sans répondre, Pauline donna à Margarita le baiser du soir et regagna sa cabine.

Seule, elle réfléchit longuement, avec un peu d'inquiétude : elle venait de découvrir l'âme même du peuple russe, tandis que la princesse ne s'était pas sentie effleurée une seconde par ce souffle de grâce...

Le lendemain matin, le yacht était en vue de Cronstadt, immense port creusé dans le granit, où s'étiraient des rangées de navires de guerre. Sur la mer elle-même pullulaient des bateaux de toutes tailles et de toutes sortes : gigantesques vaisseaux de combat, cargos, frégates, vapeurs, paquebots, phares flottants, battant pavillons des nations du monde entier.

Le yacht s'engagea dans l'estuaire de la Neva, et Saint-Pétersbourg apparut aux regards de Pauline exactement telle qu'elle se l'était imaginée d'après les descriptions de son père.

Ses dômes bleus et verts aux faîtes d'or, ses colonnes en spirale lui conféraient un aspect féerique. Pauline espéra que la princesse était, elle aussi, sensible à tant de splendeur.

Tandis que le yacht se rangeait à quai, une procession de somptueux attelages s'immobilisa ; il semblait qu'une véritable foule de courtisans fût venue attendre les deux jeunes filles. Comme on les en avait avisées, le grand-duc Vladirvitch fut le premier à monter à bord.

C'était l'instant, Pauline le savait, que la princesse redoutait... Elle était adorable, la petite princesse Margarita, dans sa plus jolie robe, avec son chapeau orné de roses, tandis qu'elle plongeait en une gracieuse révérence devant son futur époux. Pauline se disait qu'aucune jeune fille au monde ne pouvait montrer plus de charme et de beauté. Mais aucune non plus ne pouvait être aussi anxieuse de voir enfin le visage et l'allure de celui à qui on la destinait.

Il en était sans doute de même pour le grand-duc! Car, bien souvent — on en parlait parfois dans les ambassades — des princes à qui l'on avait adressé le portrait de leur future femme et qui, d'après ce portrait, s'attendaient à épouser une beauté, avaient vu arriver à leur Cour une petite boulotte aux vilains traits et aux dents gâtées.

Il en était de même dans l'autre sens: telle princesse, ravie par l'image d'un « fiancé » mâle et splendide dans son uniforme, s'était trouvée mariée à un homme mûr, sans charme, veuf d'un premier mariage stérile, et qui ne voyait en elle que le moyen de s'assurer une progéniture sans se soucier de lui plaire.

Cette fois, au moins, ce n'était pas le cas: le grand-duc Vladirvitch était impressionnant!

Après avoir baisé la main de la princesse, et pendant qu'il prononçait un petit discours de bienvenue, il la regardait d'une manière qui indiquait très nettement qu'il avait hâte de s'entretenir de façon plus intime avec elle dans les prochaines heures.

Quant à Margarita, il était impossible qu'elle ne fût pas séduite par le prestige de cet homme à la tunique blanche galonnée d'or, chaussé de hautes bottes, portant plastron d'or et casque rutilant. L'aigle qui en ornait le sommet indiquait qu'il avait revêtu, pour accueillir sa fiancée, le prestigieux uniforme des hussards.

Il n'avait pas lâché sa main et, son allocution officielle terminée, il se pencha pour lui parler d'une voix profonde et caressante:

— J'ai compté les jours qui nous séparaient encore. Maintenant que vous êtes là, j'ai peine à croire que ce n'est pas un rêve...

Pauline vit la princesse rougir, nota le battement de ses cils. Elle s'y attendait, aucune femme n'aurait pu rester insensible à tant d'ardeur charmante.

Quelques instants plus tard, assise dans la calèche princière, face au futur couple, elle constata que son amie témoignait d'une animation et d'une prolixité qui ne lui étaient pas habituelles.

Pour sa part, elle était heureuse aussi, mais c'était d'être enfin à Saint-Pétersbourg. Son père lui en avait tellement parlé! Il l'avait avertie qu'elle allait trouver une ville grandiose, fantastique...

Ce qu'elle avait imaginé était très au-dessous de la réalité. Les palais monumentaux, les places immenses, les rues larges comme un fleuve, réduisaient par comparaison la foule qui circulait dans ces espaces à un peuple de fourmis. On se sentait écrasé!

En admirant les façades de différentes couleurs, elle se souvint que son père avait fait allusion à cette particularité : chaque famille noble qui possède un palais à Saint-Pétersbourg le peint aux couleurs de sa famille. Ainsi, y en avait-il un blanc et cramoisi, un bleu vif, un lilas, un autre saumon... Quant au Palais d'Hiver, résidence de la famille impériale, il était marron et si démesuré qu'il était impossible d'imaginer que ce fût une maison, un endroit fait pour abriter quotidiennement des personnes qui y mangeaient et y dormaient. Pour Pauline, c'était une folie!

Des milliers de gens circulaient à l'extérieur. Que faisait là toute cette foule!... Plus tard, Pauline devait apprendre que c'était simplement le personnel quotidien et très ordinaire en service au palais : cochers, laquais, serfs et autres, vaquant à leurs occupations.

Alors que les six calèches qui formaient la suite des arrivants longeaient les quais de la Neva, Pauline avait constaté avec surprise que les passants ne semblaient nullement intéressés par le cortège princier. Ils ne tournaient pas leurs regards vers lui ni ne saluaient.

A Altauss, lorsque le grand-duc se déplaçait, ce n'étaient que cris et ovations ; les enfants jetaient des fleurs sur la voiture et les sourires épanouis des sujets montraient combien le souverain était populaire.

Les Russes, eux, regardaient droit devant eux ou baissaient la tête comme s'ils craignaient de se faire remarquer.

Pauline en conclut que ce peuple n'avait pas l'air heureux. Une constatation dont elle ne devrait pas faire part à Margarita.

A l'intérieur du palais, les livrées des valets étaient aussi impressionnantes que les uniformes des soldats de la Garde, et le palais lui-même d'une telle splendeur qu'elle en eut le souffle coupé, bien qu'elle se fût attendue à un spectacle extraordinaire.

Les hauts piliers couverts d'or ou jaspés, les lustres de cristal, les plafonds en dômes aux croisements des galeries, les tableaux, tout sollicitait son attention émerveillée et l'empêchait d'entendre ce que lui disait l'officier qui les escortait.

Elles parvinrent enfin aux appartements du tsar où Sa Majesté Impériale et la tsarine les attendaient.

Pauline se souvenait d'une conversation qu'elle avait eue avec son père, avant qu'elle ne quitte Altauss.

— Le tsar Nicolas est certainement le souverain le plus intimidant d'Europe, avait dit Sir Christopher.

— Et quelqu'un m'a affirmé — je ne me rappelle plus qui — qu'il était aussi très beau ! avait-elle ajouté.

Cette phrase de Pauline avait déclenché le rire du diplomate.

— Il y a dix ans, quand Nicolas Ier est venu en visite au château de Windsor, la reine a prétendu que le secret du terrible ascendant qu'il exerce sur ses interlocuteurs est la « coquetterie » qu'il a dans l'œil gauche.

Pauline avait ri à son tour, de bon cœur.

— Mais comment savez-vous que la reine a dit cela ? Vous étiez présent ?

— Non, mais elle l'a écrit dans des notes que j'ai lues. Voici la citation exacte : *C'est certainement un homme dont le physique frappe, et qui est encore très beau. Son profil est magnifique. Mais ce qui est le plus remarquable, c'est son regard asymétrique, où l'œil gauche a l'air d'un clou chauffé à blanc. Cela lui donne une expression formidable que je n'ai encore remarquée chez quiconque...*

En attendant d'être introduite, Pauline se promit de vérifier ce détail.

Ce qu'elle fit un instant plus tard, tandis que le tsar accueillait d'abord le grand-duc, puis la princesse, et enfin elle-même. L'image était parfaitement exacte : un clou chauffé à blanc ! Et l'épithète « formidable » ne l'était pas moins, d'ailleurs.

Le tsar avait quelque chose de rude, d'implacable, qui la fit frémir intérieurement, tandis que le mot « inhumain » s'imposait à son esprit. Oui, « formidable » et « inhumain », voilà ce qu'il lui semblait être. Pauline était médusée au point que lorsqu'on la présenta à la tsarine elle faillit oublier sa révérence.

L'épouse prussienne de Sa Majesté Impériale, fragile comme un oiseau, était très différente de son auguste maître. Elle eut pour Pauline un adorable sourire. Mais elle ne lui parla pas. Elle passa aussitôt aux autres membres de la suite du grand-duc Louis, qu'il avait amenés avec lui d'Altauss.

Ce ne fut qu'après avoir monté le large escalier qui les conduisait aux appartements de la princesse Margarita, dont Pauline suivait respectueusement les pas, que les jeunes filles recommencèrent à respirer normalement.

Leurs chambres, même celle de Pauline, étaient si vastes qu'elle ne se souvenait pas en avoir jamais occupé une semblable, ni à Altauss ni dans aucune des ambassades où elle avait accompagné son père. Une femme de chambre débarrassa aussitôt la princesse de sa cape et de son chapeau.

Quelques secondes plus tard, Margarita faisait irruption dans la chambre de Pauline en s'écriant :

— Que pensez-vous de la Russie, et plus spécialement du grand-duc ?

Elle avait posé cette question en anglais et son amie lui répondit dans la même langue :

— Je pense que vous avez beaucoup de chance. Il est charmant et d'une allure folle en uniforme de hussard !

— C'est exactement l'impression qu'il m'a faite. Nous serons peut-être heureux ensemble bien que... je le soupçonne d'être terriblement autoritaire.

Pauline était de cet avis, mais elle préféra ne pas insister sur ce point.

— Vous en prendrez l'habitude, dit-elle, et vous trouverez le moyen de composer avec son autorité. Toutes les femmes sont habiles à ce jeu-là...

La princesse s'avança de quelques pas pour lui parler presque à l'oreille.

— Quant au tsar, je suis sûre que c'est un monstre ! Sa main était si froide quand il a touché la mienne, que j'ai eu l'impression que ses doigts étaient de fer.

Elle exagérait. Pauline comprit néanmoins ce qu'elle avait ressenti.

— A cela aussi, vous vous habituerez...

La princesse jeta un regard par la fenêtre.

— Où pensez-vous que soient cachés ceux qui nous espionnent ?

— Dans les murs, sans doute !

Margarita courut à l'un des panneaux de bois qui tapissaient la chambre et y cogna de son index replié : il sonna creux. Elle alla à un autre mur, recommença, pour obtenir le même résultat.

Pauline secoua la tête avec un air de reproche.

— Vous commettez une erreur, en agissant de façon à les laisser deviner que nous nous méfions. En nous contentant de parler en diverses langues, nous rendrons leur tâche assez difficile ! Je doute qu'ils aient ici des agents capables de suivre couramment une conversation dans de telles conditions.

— Et s'ils sont désorientés, sourit la princesse, ce sera bien fait pour eux. J'ai horreur des espions.

— Moi aussi. Mais je crains qu'il faille, hélas ! vous y habituer.

Le soir, au dîner, elles firent connaissance avec les coutumes étranges en honneur au palais. C'est à minuit que commençaient les soupers et les bals qui réunissaient la Cour et la noblesse, et ils ne cessaient qu'avec le jour.

On ne se rendait pas visite avant onze heures du matin. Le repas de midi n'existait pas : on se mettait à table à six heures. Après quoi les dames, le plus souvent, se remettaient au lit pour se reposer afin de paraître, à minuit, dans toute leur beauté, radieuses et couvertes de joyaux.

Un courtisan les informa :

— Le souper sera servi aux environs de deux heures du matin.

Pauline s'inquiéta :

— Mais à quelle heure nous coucherons-nous ?

Il eut un geste évasif.

— Cela dépend. De toute façon, pas avant quatre heures.

— Mais alors... en fin de compte, ici, le jour devient la nuit et la nuit devient le jour ?

— C'est un peu ça... Et beaucoup d'entre nous apprennent à brûler la chandelle par les deux bouts ! obligatoirement...

Comme Pauline le regardait avec un certain ébahissement, il expliqua :

— Sa Majesté Impériale se met au travail à cinq heures de l'après-midi et, quelle que soit l'heure à laquelle nous nous sommes couchés, elle exige que nous soyons présents. Même si le bal et le souper n'ont pris fin qu'à six ou sept heures.

— Après avoir dansé jusqu'à l'aube — et même au-delà — c'est un régime épuisant ! Tous les jours !

Le gentilhomme poussa un soupir.

— Nous en avons pris l'habitude... Vous la prendrez aussi.

Cette première soirée fut cependant, pour elles, fort agréable. Elles dînèrent vers six heures avec le tsar et la tsarine, puis soupèrent avec quelques amis intimes du futur époux de la princesse qui, par chance, ne désiraient pas prolonger cette réunion jusqu'à l'aube.

Quand elles réintégrèrent leurs appartements, la princesse n'en bâilla pas moins en constatant :

— Ces mœurs sont ridicules ! Il y a au moins trois heures que je devrais être au lit.

— Quand vous serez dans votre propre palais, sans doute pourrez-vous organiser des horaires normaux.

— Vous pouvez être sûre que c'est un point sur lequel je vais sérieusement insister.

Elle l'affirmait mais, au fond, comment pouvait-elle être certaine qu'il lui serait permis d'agir selon sa volonté ? En tout cas, Pauline était au moins rassurée sur un point : Margarita, d'ores et déjà, acceptait sans aucune réticence d'épouser le grand-duc.

Il est vrai qu'il était séduisant. Lorsque son regard se posait sur la princesse, c'était non seulement avec admiration mais avec, en plus, une petite flamme qui en disait long...

Et Pauline était persuadée que ce couple serait heureux ; de toute évidence, ils étaient déjà attirés l'un par l'autre.

Avant de s'endormir, elle fit une prière pour que cela se réalise.

Lorsqu'elle se glissa entre les draps fins, brodés de la couronne impériale, Pauline soupira d'aise : Margarita avait plus de chance qu'elle ne l'aurait imaginé. L'avenir pour elle s'annonçait radieux, même si la Russie en tant que nation restait un pays imprévisible.

Comme elle était très fatiguée, Pauline avait dormi profondément et sans interruption. Au matin, en contemplant, de sa fenêtre, les dômes rutilants et la Neva au cours majestueux, elle murmura :

— C'est une ville magnifique !

Pourtant, quelque chose manquait, et elle éprouvait un léger malaise. C'était sublime, d'une extraordinaire beauté qui enchantait le goût et l'esprit, mais... Oui, voilà ! Cela vous laissait le cœur froid. Ce qui manquait au paysage, c'était un *cœur!*

Toutes les autres capitales qu'elle avait visitées — Rome, Londres, Paris, et même Wildenstadt, capitale d'Altauss — lui avaient parlé non seulement par leurs monuments, leurs églises, leur atmosphère, mais aussi par la voix de leur peuple. Leur rumeur lointaine qui était comme la respiration de millions d'êtres les lui avait rendues vivantes, chaleureuses, sensibles... Ici, tout semblait mort, terne et silencieux.

Ailleurs, les gens riaient, naissaient, se mariaient, mouraient. Ils communiaient dans un même amour pour leur ville, qu'ils considéraient comme leur appartenant autant qu'ils lui appartenaient. Leur ville, c'était leur nid et leur berceau, le lieu de leurs joies et de leurs souffrances, et dont l'âme même était la somme de leurs millions d'âmes.

Le peu qu'elle avait vu de la Russie laissait à Pauline le sentiment pénible que ces immenses bâtisses érigées par Pierre le Grand et ses successeurs, ces églises aux piliers en torsades, aux dômes couverts d'or, étaient totalement et définitivement étrangères à ce peuple simple et modeste qui circulait à l'entour avec le sentiment d'être écrasé par trop de splendeurs.

La Russie lui apparaissait comme bâtie à deux niveaux, l'un très haut, l'autre très bas, sans qu'aucune communication fût possible entre ces deux mondes. Entre les deux, le vide total...

Comme le soleil, encore bas, l'éblouissait et parait de reflets irisés toutes les beautés alentour, elle se dit, émerveillée par le spectacle qui s'offrait à sa vue, qu'elle était folle de raisonner ainsi, en laissant vagabonder son imagination. Certes, quelque chose n'allait pas ; elle finirait bien par trouver quoi.

Cependant, tout au fond d'elle-même, elle savait que son optimisme était factice et que, quelques instants plus tôt, son intuition ne la trompait pas.

Elle resta longtemps derrière la fenêtre, jusqu'à ce qu'elle entende dans la chambre de la princesse des bruits indiquant que celle-ci était à son tour éveillée.

Ayant enfilé un peignoir de soie sur sa chemise de nuit, ses cheveux défaits flottant sur ses épaules, Pauline se rendit auprès de Margarita.

Sa beauté lui parut enfantine et touchante, avec ses yeux ensommeillés, dont les prunelles semblaient refléter le bleu de ses rubans, et ses longs cheveux noirs épars sur l'oreiller.

— Bonjour, Pauline... murmura-t-elle en retenant un bâillement. Venez vous asseoir près de moi, et parlons ! J'ai des tas de choses à vous demander mais, à la réflexion, je crois préférable que nous attendions d'être dehors et que personne ne puisse nous entendre.

— Si nous nous exprimons en anglais, personne ne comprendra. J'ai appris hier qu'il n'y a, au palais, que très peu de gens qui connaissent cette langue.

— Ils ne parlent pas non plus le russe, ce que je trouve extraordinaire ! Ici, on parle surtout l'allemand pour honorer la tsarine dont c'est la langue maternelle, bien que la plupart des hôtes du palais, paraît-il, préfèrent de loin le français.

— C'est en effet curieux mais, après tout, compréhensible.

Pauline se rendit compte que la princesse ne l'écoutait plus, l'esprit ailleurs. En effet, elle murmura timidement :

— Et que pensez-vous d'Alexandre ? Sincèrement.

— Je pense que le grand-duc a beaucoup de charme.

— Il m'a dit des paroles délicieuses. J'ai reçu de lui les plus jolis compliments que j'aie entendus de ma vie. Mais... j'ai appris quelque chose, la nuit dernière, qui m'a... inquiétée.

— Qu'est-ce que c'est ?

La princesse hésita un moment avant de répondre :

— Il y a eu dans sa vie... beaucoup de femmes, déjà !... mais une, en particulier.

Pauline ne réagit pas tout de suite. Elle savait qu'il était très important de rassurer la princesse. Ce qu'elle venait de lui confier la surprenait pourtant.

Elle avait appris de son père que les Russes sont toujours éperdument amoureux de quelque jolie femme, et que l'amour est l'un de leurs plus grands soucis, avec les chevaux et l'armée.

Avec précaution, elle avança :

— Le grand-duc est si séduisant... il n'est pas étonnant que... qu'il y ait des femmes qui... qui le lui fassent comprendre.

— Oh ! cela, je l'admettrais fort bien, mais... mais, la nuit dernière, une parente du tsar avec qui je conversais a parlé de tout ce qu'il allait devoir sacrifier à son mariage. J'ai compris qu'elle faisait allusion... aux femmes qui, visiblement, tenaient une grande place dans... dans sa vie.

— Il est jeune. Il fallait s'attendre à ce qu'il se soit jusqu'ici conduit en homme, et en homme libre, plaida Pauline.

— J'espérais que, pour mon arrivée, il serait seul, libéré de toute attache.

Pauline imaginait le même comportement. Mais, lorsqu'elle était en Italie avec son père, elle avait pu se rendre compte que les jeunes aristocrates passaient la plupart de leur temps avec de belles femmes dont ils étaient les amants, qu'ils soient mariés, célibataires ou, comme l'était le grand-duc, fiancés. Pour l'instant, le plus urgent était de rassurer Margarita.

— La plupart des hommes se plaisent en compagnie des femmes, mais cela ne signifie nullement qu'ils en sont amoureux. Si le grand-duc vous aime, comme je le crois, ce sera un tout autre sentiment que celui qu'il a éprouvé jusqu'ici, et les choses changeront pour lui.

— Comment en être sûre ?... Oui, comment en être sûre ?... Imaginez, Pauline, qu'après notre mariage il continue à avoir ce genre de relations ?

Pauline se sentait elle-même inquiète et troublée. Elle aurait voulu que sa mère fût encore de ce monde pour rassurer la princesse. Pour sa part, dans la même situation, elle n'aurait peut-être pas ressenti de la jalousie mais une certaine appréhension à l'endroit des femmes qui, jusqu'ici, avaient eu un rôle dans la vie de celui qu'elle devait épouser.

Comme elle se taisait, Margarita reprit :

— Comment puis-je être sûre qu'il ne m'épouse pas simplement pour avoir une femme légitime et des enfants ? Et qu'aussitôt que nous serons mariés il ne retournera pas à celles qui ont agrémenté jusqu'ici son existence, en m'abandonnant à ma solitude ?

Un sanglot lui échappa.

— Et ici, en Russie... ma solitude serait... affreuse.

— Mais voyons ! protesta vivement Pauline. Vous avez votre frère !

La princesse fut frappée.

— Ah ! oui, c'est vrai... J'avais oublié Maxime ! Le tsar m'a dit hier qu'il avait dû se rendre à Moscou et qu'il serait de retour demain à Saint-Pétersbourg.

— Vous pourrez donc lui parler du grand-duc. Il pourra vous en apprendre davantage et, sans aucun doute, vous rassurer.

— Je veux bien écouter ce qu'il m'en dira. Je veux espérer que ce sera l'exacte vérité... mais, en même temps...

Pauline, qui s'était assise au bord du lit, prit dans ses mains celles de la princesse.

— Écoutez! Ce que vous venez de me révéler, il faut que vous en parliez au grand-duc lui-même, franchement, ouvertement... Faites-lui part de vos sentiments, de vos craintes, répétez-lui ce que vous a dit cette dame, hier soir. Je suis sûre que ces ragots ont été dictés par la jalousie et le dépit. Puisqu'ils vous ont inquiétée, c'est son rôle à lui d'apaiser vos craintes.

Margarita crispa nerveusement ses doigts sur ceux de Pauline.

— Vous croyez que je peux... réellement, lui parler?

— Pourquoi pas? Il vaut mieux que vous vous montriez francs et honnêtes l'un envers l'autre dès le début, et je suis sûre qu'il le comprendra.

— Qu'est-ce qui vous le fait penser?

— J'ai beaucoup voyagé avec mon père. J'ai connu beaucoup de gens de tous pays et je peux d'instinct juger les hommes au premier coup d'œil... Je discerne leur personnalité non d'après la surface, d'après ce qu'ils veulent paraître, mais d'après ce qui se dissimule sous l'apparence. Et j'ai la certitude que le grand-duc est un homme en qui on peut avoir confiance.

— Oh! Pauline, comme je voudrais que vous ayez raison! Je voudrais pouvoir le croire, car il me semble que je suis déjà amoureuse de lui.

— Je l'espérais de tout mon cœur, ma chérie! Mais vous ne devez pas oublier une chose : même si lui vous aime aussi, il a déjà beaucoup vécu avant de vous connaître. Il est fatal qu'il ait connu des femmes qui ont compté pour lui, comme il comptait pour elles.

— Bien sûr ! Si je lui disais ce que je vous ai dit à vous, tout à l'heure, sans doute me considérerait-il comme une gamine bornée et stupide.

— Pourquoi ? Pas du tout ! Il ne penserait pas cela. Il se dirait peut-être que vous êtes naïve...

Margarita soupira :

— Naïve et sotte, oui ! J'ignore tout de ce genre d'hommes. Il est tellement différent de ceux que j'ai connus jusqu'ici...

C'était parfaitement exact. Les jeunes gens avec qui elles dansaient au palais d'Altauss étaient encore des gamins et leur esprit était moins compliqué que celui des Italiens ! Tandis que les Russes...

Pauline traduisit sa pensée en choisissant ses termes :

— Je crois que les Russes, en effet, ont une mentalité très particulière et — peut-être est-ce une caractéristique typiquement slave — qu'ils sentent plus profondément les choses que les Européens. Ce qui nous les rend parfois énigmatiques... Cela étant, je pense justement que, si le grand-duc vous aime, et si vous l'aimez, vous vivez avec lui une aventure merveilleuse.

— Oh ! comme je le désire, Pauline ! C'est ce que j'espère. Si nous nous aimons, je sens que ce sera éblouissant !

Pauline était surprise. Elle ne s'attendait pas à une telle fougue de la part de Margarita. Elle était sûre maintenant que la petite princesse avait eu le coup de foudre pour son royal fiancé. Il était très important qu'il n'y eût entre eux aucun malentendu au départ.

— Parlez-lui ! insista-t-elle. Dites-lui franchement, dans l'intimité, ce que vous ressentez, et essayez de le comprendre. Peut-être est-il lui-même quelque peu effrayé et intimidé par vous : votre jeunesse, votre innocence... Songez que si vous le trouvez difficile à cerner, il peut avoir de vous exactement la même impression. Vous appartenez à deux mondes si lointains.

— Je n'avais pas pensé à cela. Je vais essayer, Pauline. Je vous promets que je vais essayer.

— Votre frère ne demandera sûrement qu'à vous aider. Et puis, vous avez de longues semaines devant vous pour apprendre à vous connaître, avant le mariage.

La princesse regarda son amie avec surprise.

— Comment ! Vous n'avez donc pas entendu ce que le tsar a dit, hier soir ? Il a dit à père qu'il n'était pas nécessaire de perdre du temps et que, puisque le mariage était décidé, il aurait lieu dans une semaine.

— Une semaine ? Mais c'est aberrant !

— C'est l'avis de père. Mais le tsar en a décidé ainsi, et il n'y a pas à y revenir.

Pauline s'était levée d'un bond. Elle alla jusqu'à la fenêtre. Elle était furieuse. Quel tyran, quel autocrate que ce Nicolas Ier ! Un tel comportement était intolérable !

Il aurait dû considérer qu'il était déjà assez difficile pour Margarita de venir en Russie pour être mariée à un homme qu'elle avait aperçu une seule fois dans sa vie... sans exiger de surcroît que cette union soit conclue et consacrée sous huit jours !

Décidément, tout ce qu'elle avait entendu sur son compte avant de le connaître n'était pas exagéré. Le tsar se considérait comme la Loi en personne et tout individu devait, sans réticence, s'incliner devant cette Loi. Quels que fussent ses ordres, il entendait qu'on les exécute sur-le-champ. Malheur à celui qui tenterait de s'y soustraire.

Parce que la fantaisie lui en avait pris, la princesse Margarita d'Altauss serait donc mariée dans une semaine, dans un pays qui lui était étranger, avec un homme dont elle ignorait tout ; elle deviendrait ainsi la sujette d'un monarque qui n'avait aucun droit sur elle ni sur sa famille. Et ceci sans avoir même été consultée.

Pauline se répétait que le tsar n'avait aucune autorité pour agir ainsi, mais elle savait que sa protestation était dérisoire ! Soudain, elle frissonna pour elle-même.

Tant de choses prenaient ici un caractère de démesure. Comme ce palais, si vaste que l'on devait fatalement s'y perdre. Comme ce fleuve dont on distinguait à peine l'autre rive, et qui semblait charrier dans ses flots tout le peuple russe lui-même, ou plutôt son destin, passé et avenir, inéluctablement, avec la sombre puissance de la fatalité. Nul ne pouvait y échapper ! Et Margarita allait être entraînée, comme les autres, vers un avenir encore imprévisible mais dont rien ne pouvait désormais faire dévier le cours.

Quant à moi, pensait Pauline, il ne faut pas que je m'attarde ici. Il faut que je m'arrache très vite, dès que je le pourrai, à ce pouvoir étrange qui ne peut être que maléfique.

3

— Votre fille est digne de son frère, déclara le tsar. Elle est aussi sympathique, et douée du même charme...

— Votre Impériale Majesté est trop bonne d'en juger ainsi, répliqua le grand-duc, selon la formule d'usage.

Le tsar lui posa familièrement la main sur l'épaule.

— Nous sommes de vieux amis, mon cher Louis, et je puis vous assurer que je suis enchanté de pouvoir, par cette alliance, réaliser entre nos deux pays une solide union. J'entends donner à Alexandre un rang encore plus élevé et vous ne serez pas déçu quand vous saurez ce que je réserve à Maxime.

— Je ne sais comment vous exprimer ma gratitude, murmura le père de Margarita, tout en suivant le tsar qui s'approchait de l'une des fenêtres, derrière laquelle le paysage resplendissait sous un soleil éclatant.

Nicolas eut un sourire satisfait.

— Dans quelques jours, nous partirons pour notre séjour d'été, à Tsarskoïé Sélo. Je ne suis pas mécontent de quitter cette ville !

— Mais... nous ne partirons qu'après le mariage.

— Non. Pourquoi ? Ce n'est rien de revenir ici pour la cérémonie. Et cela donnera l'occasion à nos paysans de voir et d'acclamer la mariée, le long de la route. Mes plans sont déjà prêts.

— Je suis persuadé que vous avez pensé à tout, et dans les moindres détails, approuva platement le grand-duc qui se disait que, de toute façon, même s'il découvrait dans les plans du tsar quelque chose qui lui déplût, il lui serait impossible d'exprimer la moindre critique.

Il était cependant inquiet car il trouvait que le tsar précipitait les choses, et il se demandait s'il n'y avait pas à cela quelque raison cachée, plus ou moins inavouable.

— Votre fils s'est conduit brillamment, je dirais même qu'il s'est montré éblouissant, dans notre combat contre Chamil ! reprenait le tsar, revenant à Maxime. Je l'en ai déjà récompensé d'une façon qui, je pense, vous a été agréable. Je lui réserve une autre faveur qui est un peu plus... comment dirais-je ? délicate... J'imagine que vous êtes au courant de l'amour qu'il porte à ma cousine, la princesse Natacha ?

Le tsar avait posé la question en laissant fuser un rire amusé et indulgent...

— J'ai entendu en effet des échos de... de cette affaire.

— Il faut avouer qu'elle est très belle ! apprécia le tsar. Eh bien, son mari est justement en mission spéciale, en Géorgie, en ce moment !

Conscient du sous-entendu, le grand-duc murmura, gêné :

— Je ne peux que vous en exprimer notre gratitude, Majesté.

Le tsar eut un petit rire pour préciser :

— C'est surtout à Maxime de m'en être reconnaissant.

Par chance, pour le grand-duc, affreusement confus, un hôte du palais entrait à cet instant dans la pièce, et l'entretien en resta là.

Aussitôt arrivé au palais, le prince Maxime d'Altauss s'était précipité dans sa chambre, afin de se changer pour le dîner. Il jeta un regard inquiet à la pendule placée au-dessus de la cheminée.

Il savait qu'il aurait dû arriver plus tôt, mais il s'était attardé, après le repas de midi, auprès d'une charmante hôtesse à qui il avait rendu visite sur la route qui le ramenait à Saint-Pétersbourg.

Il comptait repartir sitôt le déjeuner terminé, mais cela ne lui avait guère été possible. Elle l'avait entraîné dans son boudoir avec l'intention évidente, d'après son sourire et la fièvre de son regard, d'avoir avec lui un entretien privé des plus intimes.

Beaucoup plus tard, alors qu'il tentait d'exprimer ses adieux, elle s'était suspendue à lui pour murmurer, comme tant de femmes avant elle:

— Quand nous reverrons-nous, Maxime? Vous savez combien il m'est pénible de vous laisser partir! Nous sommes si rarement ensemble, seul à seul...

— Je tâcherai de revenir, en rejoignant mon régiment.

Il l'avait embrassée puis regardée dans les yeux, avec l'expression prometteuse et ardente qui lui était particulière et qui faisait invariablement battre la chamade aux cœurs féminins.

— Merci, Zenia, vous vous êtes montrée adorable et infiniment généreuse... avait chuchoté Maxime.

— Comment pourrais-je agir autrement envers vous, mon cher amour?

La voix de Zenia s'était brisée en un court sanglot. Depuis longtemps elle était éprise et elle avait cru au bonheur un an plus tôt, quand le prince était devenu son amant. Leur liaison avait été fiévreuse et exaltée, enivrante, mais de courte durée. Lorsqu'il était parti pour le Caucase il avait ramené cet épisode galant à de plus justes proportions. Depuis, il n'y avait entre eux qu'une bonne amitié amoureuse à l'occasion... Sans plus.

Zenia savait pertinemment que, là où se trouvait le prince Maxime, il y aurait toujours des femmes prêtes à le combler de leurs faveurs. Et il était inévitable qu'il se fût lassé.

Elle avait trop d'expérience pour ne pas se rendre compte qu'elle n'était que l'une de ses nombreuses conquêtes. Cependant, bien que vivant au fond d'une province où son mari avait d'importantes responsabilités, les rumeurs concernant la passion de Maxime pour la princesse Natacha étaient parvenues jusqu'à Zenia. Elle en avait conçu pour la cousine du tsar une haine solide.

C'était en effet à Natacha que le prince pensait tandis qu'il faisait route vers le Palais d'Hiver. Il n'avait fait sa connaissance que trois mois auparavant, mais elle l'avait littéralement ébloui.

Ses yeux typiquement slaves, allongés vers les tempes, le dessin de ses lèvres sensuelles, l'ovale parfait de son visage et les reflets fauves de ses cheveux d'ébène l'avaient frappé et avaient fait lever en lui un désir violent. Bien qu'il n'en ait pas eu clairement conscience, il avait langui de la revoir pendant tout le temps qu'il était resté éloigné de Saint-Pétersbourg.

Elle était devenue sa maîtresse peu après leur première rencontre, sans réticence, et elle lui avait écrit ensuite des lettres brûlantes qu'il jugeait lui-même très osées... Il n'avait jamais eu le temps de répondre. Cependant, il lui avait fait savoir, dernièrement, que le tsar le rappelait à la Cour pour y accueillir sa sœur Pauline.

Maxime était certain que Natacha trouverait le moyen de prendre contact avec lui dès son arrivée. La tsarine, comme le tsar, la traitait en intime et semblait aimer beaucoup cette superbe cousine. Mais le prince soupçonnait le souverain de toutes les Russies de se servir d'elle pour d'autres tâches que celle qui consistait à assurer l'agrément de son général en chef préféré.

Depuis qu'il était à la Cour, il ne pouvait ignorer que le tsar confiait souvent aux femmes les plus belles et les plus désirables de son entourage des missions « diplomatiques » consistant à obtenir, de tel ou tel représentant d'une autre nation, des renseignements secrets qu'il eût été difficile de lui extorquer par des moyens moins convaincants que ceux câlinement employés dans l'intimité d'une alcôve.

Lorsque Maxime avait rencontré Natacha, elle paraissait très éprise d'un diplomate anglais, envoyé à la cour de Russie par les Affaires étrangères de Londres — le tsar en était convaincu — pour découvrir les intentions réelles et cachées de Nicolas Ier quant au respect de certains traités conclus avec d'autres nations européennes.

Natacha devait avoir terminé cette mission très particulière quand elle et Maxime s'étaient connus. Car, deux nuits plus tard, il l'avait vue pénétrer chez lui, dans sa chambre, par une porte secrète. Elle n'avait rien de spécial à lui communiquer et s'était contentée de lui tendre ses bras et sa bouche. Elle venait simplement chercher ce que tous deux désiraient avec une égale ardeur. Leurs regards se l'étaient déjà avoué sans qu'ils aient eu besoin d'en parler.

Par la suite, tandis qu'il combattait dans le Caucase, le prince avait été souvent hanté par le souvenir de leur folle et ardente nuit d'amour. De ces hautes montagnes qui l'entouraient, aux parois étrangement abruptes, aux faîtes desquelles nichaient les aigles, et dont la base se creusait d'abîmes insondables, Maxime s'était dit maintes fois qu'elles évoquaient la personnalité mystérieuse de Natacha.

Elles avaient le même mystère, le même comportement énigmatique, qui attirait et effrayait à la fois. Peut-être d'ailleurs y avait-il dans son désir pour Natacha la même volonté de vaincre et de dominer leur étrange puissance.

D'ordinaire pourtant, le prince Maxime ne se perdait pas en semblables méditations sur ses aventures amoureuses.

Il était séduisant, attirant, et sa virilité incitait les femmes à tenter de retenir son attention tandis que lui-même, il devait se l'avouer, éprouvait pour les femmes un goût très vif contre lequel il lui eût été pénible de lutter. Pourquoi d'ailleurs ? Heureux lui-même, il rendait ses conquêtes heureuses, du moins un certain temps, car il se lassait vite.

Son valet de chambre ayant réglé le dernier détail d'un uniforme impeccable, le prince ne prit pas le temps de jeter un coup d'œil à son miroir. Il ne lui restait que quelques minutes pour se présenter devant le tsar. Il bondit dans le couloir qui menait de sa chambre au grand escalier.

Au pas de course, il se dirigea vers les appartements royaux, croisant au passage les chevaliers de garde, des laquais, des coursiers et autres messagers... Toute une foule qui ne prêta pas plus attention à lui qu'il ne s'en soucia, chacun dans ce palais n'ayant une seconde à perdre pour courir d'un bout à l'autre de l'immense bâtisse en vue d'accomplir sa tâche.

Maxime était hors d'haleine lorsqu'il atteignit enfin la double porte qui donnait accès à la partie réservée à la vie de famille du souverain.

On ne le fit pas attendre : les sentinelles ouvrirent presque immédiatement la porte et le majordome, resplendissant dans sa tenue chamarrée, vint s'enquérir de la personnalité du visiteur.

Le prince n'eut pas à se nommer : il était un familier de la couronne. Le majordome le salua profondément puis, avec solennité, gonflé de son importance, le précéda vers la pièce où se tenait le tsar.

Tout en marchant, Maxime s'assura, de la main, que sa coiffure était en ordre, puis tira sur sa tunique pour qu'elle ne fît pas un pli.

Certains officiers avaient été envoyés en Sibérie pour s'être présentés devant le tsar avec un bouton de leur tunique manquant, mal engagé dans la boutonnière, ou une médaille mal épinglée! Et, pour autant que quelqu'un soit gratifié des faveurs du tsar, il n'en devait pas moins se méfier des réactions du souverain, absolument imprévisibles. En une seconde, son humeur pouvait changer sans que rien n'ait permis de pressentir le moindre revirement.

Dès son accession au trône, Nicolas Ier avait écrit en marge d'un rapport cet avertissement : *Je ne supporterai pas que quiconque se permette de contrecarrer le moindre de mes désirs du moment où il en a été informé.*

Et, comme ses désirs et ses vœux s'étaient multipliés et devenaient de plus en plus compliqués au fil des ans, tandis que son besoin d'autorité s'avérait quasi maladif, il régnait dans son entourage un sentiment d'oppression qui rendait l'atmosphère irrespirable.

Mais, ce soir-là, le tsar était de bonne humeur.

Son visage, d'ordinaire renfrogné, s'éclaira d'un sourire à la vue du prince. Il fit même deux pas à sa rencontre.

— Mon cher Maxime! Je suis ravi de vous revoir. J'ai dit à votre père combien vos exploits au Caucase nous avaient emplis de satisfaction et de fierté.

Après s'être profondément incliné pour remercier le tsar de ses éloges, Maxime alla serrer la main de son père.

— C'est bon de vous revoir, père.

Il était sincère. Même si la vie en Russie était exaltante et riche d'aventures pour lui, la présence de son père lui avait manqué.

61

— Pour moi aussi, mon garçon, c'est bon de te revoir, tu sais !

— Margarita est-elle là ?

En posant la question, il avait regardé autour de lui, surpris de constater qu'ils étaient en petit comité bien que l'heure du repas du soir eût déjà sonné.

— Oui, elle est là... elle se marie dans une semaine.

— Une semaine ?

Il allait exprimer sa surprise et dire que cela lui paraissait hâtif, mais le tsar le devança froidement :

— Oui, selon *mes* instructions. J'estime qu'il est souhaitable de conclure ce mariage sans tarder. Ainsi, il ne sera pas nécessaire que votre père retourne à Altauss, pour revenir ici dans deux mois... comme il en avait précédemment l'intention.

— Évidemment... Je comprends, Sire.

Cependant, Maxime regardait son père d'un air interrogatif, se demandant si une telle précipitation avait réellement son agrément.

De toute façon, l'incident était clos car le tsar se dirigeait déjà vers le salon voisin où attendaient ceux qui, ce soir, auraient l'honneur de prendre place à la table royale.

Le prince alla d'abord baiser la main de la tsarine. La seconde suivante, Margarita était auprès de lui, émue, lui tendant sa joue.

— Maxime ! Maxime ! C'est merveilleux que tu sois là ! Tu nous as manqué... Tu ne peux pas savoir !

Il l'embrassait sur les deux joues.

— A moi aussi, vous avez manqué, père et toi. Mais je vois avec plaisir que tu es encore plus jolie que lorsque je vous ai quittés.

— J'espérais que tu me dirais cela !

En riant, le prince l'embrassa à nouveau, et c'est en se redressant qu'il vit le grand-duc qui se tenait derrière elle, un sourire aux lèvres. Vivement, il prit la main que celui-ci lui tendait.

— Altesse !... Permettez-moi de vous féliciter...

— Merci, mon cher. J'espère que, lorsque nous serons mariés, Margarita accueillera mes retours avec le même enthousiasme que celui dont elle fait preuve à votre égard.

— C'est notre souhait à tous.

— Vous approuvez donc cette union ?

— Évidemment. Je suis certain que ma sœur sera heureuse.

— Je ferai tout ce qui sera en mon pouvoir pour cela, Maxime.

Margarita, cependant, pressait légèrement le bras de son frère.

— Je voudrais te présenter à l'amie qui m'a accompagnée en qualité de dame d'honneur.

Elle l'entraîna à quelques pas.

— Pauline, voici mon frère Maxime, dont je vous ai si souvent parlé. J'aimerais que vous deveniez amis.

Il s'inclina tandis que Pauline plongeait en une révérence. Elle ne l'avait pas quitté des yeux depuis qu'il était entré dans la pièce, et le trouvait plus beau encore que sur ses portraits. Non seulement il était grand, plus grand qu'aucun des Russes ici présents, mais il avait une sorte de grâce athlétique qui ne pouvait appartenir qu'à un excellent cavalier et à un homme rompu aux exercices physiques.

Tandis qu'elle se redressait, elle l'entendit la saluer en français :

— Je suis ravi, mademoiselle.

— Mais non, mais non ! s'écriait la princesse. Il faut t'exprimer en anglais, Maxime. Pauline est anglaise. Elle est la fille de Sir Christopher Handley, représentant officiel de Grande-Bretagne à Altauss depuis quelques mois.

— Anglaise! Je ne m'attendais certes pas à ce que tu aies une dame d'honneur anglaise, Margarita. Qu'est-il arrivé à cette bonne baronne Schwaez?

— J'ai dit à père que si je devais m'encombrer de cette vieille ronchon, je refusais d'aller en Russie!

— A première vue, en effet, Mlle Handley n'a rien d'une vieille ronchon...

Il s'exprimait maintenant en anglais et Pauline constata qu'il parlait sa langue parfaitement avec une légère pointe d'accent. Comme elle sentait qu'il lui fallait absolument dire quelque chose, elle balbutia :

— C'est un privilège de me trouver ici avec Son Altesse Royale.

Pourquoi se sentait-elle tellement intimidée par le prince ? Ses nombreux voyages et ses multiples séjours avec son père dans toutes les capitales d'Europe lui avaient donné une parfaite assurance devant les grands de ce monde. Et en l'occurrence, voilà qu'elle ne parvenait pas à regarder le prince Maxime en face et qu'elle éprouvait une insupportable gêne à s'adresser à lui.

Cela était tellement inhabituel et lui ressemblait si peu qu'elle avait l'impression de devenir stupide. Se raidissant, elle fit l'effort de lever les yeux vers lui et d'attendre sa réponse en le regardant droit dans les yeux.

Il l'observait avec une expression étrange, lui sembla-t-il. Peut-être se trompait-elle ? En tout cas, il n'ajouta pas un mot. L'instant de gêne réciproque fut bref car, déjà, la princesse accaparait l'attention de son frère. Bientôt, d'ailleurs, le tsar lui-même entraînait le jeune homme pour le présenter à d'autres dames.

Pourtant, on ne se dirigeait pas vers la salle à manger, ce qui était surprenant, car l'heure était déjà passée où, d'ordinaire, le tsar, avec une ponctualité méticuleuse, exigeait que l'on se mît à table.

Soudain, la porte du salon s'ouvrit à nouveau et le majordome annonça :

— Princesse Natacha Bragadtov.

Toutes les têtes s'étaient tournées et Pauline, en voyant entrer celle que, selon toute apparence, on avait attendue, reçut un choc. C'était la femme la plus extraordinaire qu'elle eût rencontrée depuis qu'elle était au Palais d'Hiver.

Le moindre de ses mouvements faisait scintiller sa toilette et sa parure. Sa robe était semée de brillants, son cou serti d'émeraudes. A ses oreilles luisaient aussi des émeraudes et son diadème en portait à profusion. Ses yeux admirables brillaient pareillement d'un éclat provocant. Et sa démarche, ses mouvements, avaient une grâce ondulante qui évoqua immédiatement pour Pauline celle d'un félin, d'une tigresse.

La nouvelle venue s'était précipitée aux pieds du tsar pour une révérence très humble, en même temps que très spectaculaire.

— Pardonnez-moi, Impériale Majesté. Je sais que je suis en retard. Je mérite d'être enchaînée dans le plus profond de vos cachots. Ma seule excuse est que je voulais me faire aussi belle que possible pour vous... bien-aimé Souverain.

C'était si excessif que le tsar éclata de rire.

— Pour moi, vraiment, Natacha ? J'en doute... j'en doute. Mais le dîner attend et vous pouvez remettre vos excuses à plus tard.

En parlant, il avait offert son bras à la tsarine. La procession s'ébranla. Pauline, qui se trouvait

légèrement en arrière, nota que la princesse Natacha s'était approchée du prince Maxime. De la
main, elle l'avait frôlé et lui, en un geste discret,
avait saisi cette main et l'avait serrée, de telle
manière qu'il était évident qu'un lien très intime
les unissait. Ils gagnèrent d'ailleurs la salle à manger au bras l'un de l'autre et leurs places, à table,
étaient côte à côte.

Pauline avait pour voisins deux messieurs cor-
pulents, plus soucieux de se goinfrer que d'alimen-
ter la conversation. Ce qui lui permit d'observer
le couple à son aise.

Elle avait appris, comme elle l'avait dit à la
princesse, à juger les gens au-delà des apparences qu'ils offraient aux yeux du monde. Et il
était évident pour elle qu'en dépit de la conversation banale qu'échangeaient Natacha et Maxime,
leur comportement dénotait une intimité profonde. Natacha se montrait sournoisement provocante. La façon dont, sans en avoir l'air, elle
effleurait de ses longs doigts le bras ou la main du
prince, était autant de caresses et de promesses de
caresses...

Personne n'y prêtait attention : la princesse Margarita bavardait avec le grand-duc Alexandre. Le
tsar, par-dessus la table, parlait au grand-duc
Louis. Et la tsarine n'avait d'yeux que pour son
fils, assis à côté d'elle, sans se soucier des autres
convives.

C'étaient là les personnages officiels de la Cour,
tous élégants et dotés de l'assurance des gens en
place, conscients de leur valeur. D'après ce que
Pauline en savait, ils s'habillaient à Paris, et elle
avait le sentiment que sa toilette, jolie mais qui
n'avait pas coûté très cher, était largement éclipsée, fût-ce par la plus modeste de celles qu'il lui
était donné d'admirer à la table.

Mais elle se disait que sa qualité de dame d'honneur lui faisait presque un devoir de passer inaperçue et qu'il eût été de fort mauvais ton de paraître vouloir briller en cette compagnie. Pourtant elle ne pouvait s'empêcher d'espérer que le prince Maxime ne la jugeât pas trop terne ou trop insignifiante, en un mot, indigne de tenir compagnie à sa sœur.

Comme elle pensait à lui, elle avait dû, sans le vouloir, le regarder, car leurs yeux se croisèrent et, durant quelques secondes, restèrent rivés l'un à l'autre. Elle ne détourna pas son regard, et lui non plus. Elle ressentait comme une vibration physique qui les retenait captifs l'un de l'autre.

Bien que cela n'eût que peu duré, il sembla à Pauline qu'un long moment s'était écoulé avant que ce contact étrange fût rompu.

Le dîner fut assez rapidement expédié car le tsar n'était pas gros mangeur. La tsarine donna congé à ses hôtes. Ils devaient aller se reposer pour être en forme à onze heures. Un bal intime était annoncé en l'honneur de la princesse Margarita et de son frère, le prince Maxime.

C'était inattendu, Margarita en conçut un peu d'humeur. Tandis que les deux jeunes filles montaient l'escalier pour regagner leurs appartements, elle prit Pauline à témoin :

— Peut-on imaginer rien de plus ridicule que de s'être habillée pour un dîner et de devoir se déshabiller pour recommencer la même cérémonie ? Ce genre de complications m'exaspère !

— Le moins que l'on puisse dire est que l'on perd du temps ! Mais comme ce bal est donné en votre honneur, il vous faut porter une toilette plus élégante que celle que vous aviez au dîner. Quelque chose de vraiment somptueux !

— Bien sûr ! mais enfin, ils ne pouvaient pas nous informer plus tôt du programme de la soirée ?

Ce que je porte serait parfait pour un bal ! c'est une de mes plus belles toilettes. Et il faut maintenant que j'en trouve une encore mieux ! Si j'avais su, j'aurais mis pour dîner quelque chose de plus simple et j'aurais réservé celle-ci pour le bal.

Pauline l'apaisa :

— Vous avez vu comment sont habillées les femmes russes ? Soyez sincère, Margarita, vous avez encore une vingtaine de robes plus jolies les unes que les autres. Ne faites pas la grimace ! Vous serez très belle tout à l'heure. Je suis sûre que vous le pouvez.

Margarita dut en convenir plus tard, tandis que Pauline l'aidait à choisir parmi quelques toilettes merveilleuses de son trousseau.

Pour Pauline, le problème était plus délicat. Elle n'avait que quelques robes de soirée et se demandait avec angoisse si, à ce rythme-là, elle ne serait pas obligée de mettre plusieurs fois la même !

Comme elles en discutaient, alors qu'elles venaient de quitter la salle à manger, la princesse était toujours de mauvaise humeur. Elle qualifiait les Russes d'in-sup-por-tables !

Toutes deux arrivaient à l'étage de leurs chambres lorsqu'un pas résonna derrière elles. Pauline se retourna la première et aperçut le prince Maxime. Il montait les marches deux par deux pour les rejoindre. Pauline le trouva plus charmant encore, dans cet exercice désinvolte et gamin, qui n'avait rien de princier !

Ses décorations luisaient à la clarté des lustres et des chandeliers et son regard, lui, étincelait.

La princesse eut un léger cri :

— Oh ! Maxime, c'est toi ? Tu as quelque chose à me dire ?

— Bien sûr! Il faut en profiter, puisque nous allons enfin avoir le temps de parler tranquillement avant de nous changer pour le bal.

— Justement! J'étais en train de dire à Pauline combien je trouve grotesque cette manie de s'habiller pour se déshabiller afin de se rhabiller!

— Ça! convint le prince en riant. Je dois dire qu'en Russie on ne fait pas les choses à moitié!

Ils avaient atteint le palier. Tandis que Margarita se dirigeait vers la porte du boudoir jouxtant sa chambre, Pauline obliqua vers la pièce qui lui était réservée. La princesse la retint:

— Ah, non! Pauline! Venez avec nous. Je veux que vous fassiez la connaissance de mon frère.

Pauline hésita et regarda Maxime, qui insista à son tour:

— Venez! Je suis moi-même très désireux de mieux vous connaître.

Elle aurait voulu pouvoir lui sourire, lui dire, en quelques mots, qu'elle en était très touchée... mais, à nouveau, quelque chose se noua dans sa gorge. Incapable de parler, elle détourna la tête et pénétra dans le boudoir sur les pas de la princesse.

C'était une petite pièce ravissante, avec ses murs ornés de panneaux de bois peints en bleu et ses rideaux damassés sur fond rose, frangés d'or.

La princesse se laissa tomber sur le sofa.

— Si nous voulons parler tranquillement, nous ferions mieux de nous exprimer dans une langue que ceux qui nous écoutent ont du mal à comprendre.

Elle avait dit cela en hongrois et poursuivit, en espagnol cette fois:

— Pauline et moi pensons que si ceux qui nous espionnent veulent comprendre tout ce que nous disons il leur faudra se mettre à cinq ou six, au moins, et ils mourront épuisés. Bien fait pour eux!

Le prince éclata de rire, la tête renversée.

— Quelle stratégie ! Qui en a eu l'idée ?

— Je crois que c'est Pauline. En combinant notre science des langues, nous arrivons à six !

— Peste ! Je ne vous croyais pas si savantes. Et je suis plein d'admiration pour votre ingéniosité.

Il s'adressait à sa sœur, mais son regard allait vers Pauline. Sur un tout autre ton, Margarita aborda la question qui lui tenait à cœur :

— Pauline m'a conseillé de te parler franchement d'Alexandre. Depuis que je suis à Saint-Pétersbourg, j'ai entendu des bruits... qui m'inquiètent.

— Quel genre de bruits ?

— Bien qu'il prétende m'épouser par amour, ce n'est... peut-être... pas vrai, sais-tu ?

Pauline trouvait embarrassant d'assister à cette conversation. Mais, connaissant Margarita, elle n'ignorait pas que sa propre intervention serait sans doute nécessaire pour l'aider à obtenir de son frère ce qu'elle désirait. Si elle les laissait seuls, Maxime finirait par éluder ses questions, à moins qu'il refusât tout bonnement d'y répondre.

Visiblement, ce que venait de dire Margarita surprenait et embarrassait le prince. La façon dont il la regardait, à la fois pensive et distraite, montrait bien qu'il était en train d'imaginer une réponse qui fût une échappatoire.

— Il y a longtemps déjà, commença-t-il, que le grand-duc est libre de vivre à sa guise. Il a aujourd'hui trente-cinq ans. Tu n'imagines pas qu'il a passé toutes ces années comme un moine ? Il a profité de sa jeunesse, et c'était normal.

— Je l'admets volontiers... Mais pourquoi nous marier si vite, alors que nous n'avons même pas eu le temps de nous connaître ?

— Par la seule volonté du tsar ! Le grand-duc, pour qui j'ai beaucoup d'amitié et même d'affection, est un homme trop intelligent pour ne pas souhaiter lui-même te connaître davantage avant de t'épouser.

— Ne peut-il persuader le tsar de retarder notre mariage ?

— Personne ne peut persuader le tsar de revenir sur l'une de ses décisions... Comme il s'est toujours montré bon pour moi, je t'avoue franchement, Margarita, qu'il n'est pas dans mes intentions de m'opposer à lui dans ce cas précis ! Tu connais aussi bien que moi sa réputation ?

Il avait dit cela en hongrois et à voix basse. Pauline constata qu'il parlait cette langue avec aisance, mais avec moins d'assurance que sa sœur.

Celle-ci protesta :

— Ce n'est pas une réponse, Maxime. Tu te souviens de ma première question ?

— Je considère que ce serait une erreur de ma part que d'y répondre. Je veux ton bonheur, Margarita. Et, de toute façon, je n'imagine pas qu'un homme s'embarrasse des fantômes de son passé quand il part en voyage de noces.

Pauline pensa qu'en disant cela il se parlait à lui-même et cela la fit sourire. Surprenant ce sourire, Maxime la regarda bien en face :

— Vous avez raison, mademoiselle Handley ! Je parle aussi pour moi.

Pauline se sentit décontenancée. Elle ne s'était pas attendue, de la part du prince, à tant de perspicacité. Comme si elle voyait dans ces mots un reproche, elle baissa la tête.

— Je vous demande pardon, murmura-t-elle.

— Peut-être serait-ce à moi de m'excuser.

— Non, je vous en prie... Je ferais mieux de veiller à ne pas dévoiler mes pensées secrètes.

— Les pensées que l'on tient à garder secrètes sont en général celles qui font mal, ou qui, tout au moins, sont amères ou décevantes.

Ils échangeaient ces propos comme s'ils étaient seuls, ne parlant plus que l'un pour l'autre.

Margarita intervint :

— Je ne comprends rien à ce que vous racontez, tous les deux !

— Excuse-nous, Margarita ! En vérité, je pense à toi, dit Maxime.

— De quelle manière ? Cela m'échappe. Moi, je suis en cet instant occupée de *mon* bonheur !

— Et moi aussi, figure-toi, je pense à *ton* bonheur ! Et je t'affirme que c'est en regardant vers l'avenir que tu le trouveras, et non pas en fouillant le passé de ton mari. En d'autres termes, sache que tout homme, comme Barbe-Bleue, a une chambre secrète, dont sa femme ne doit pas avoir la clef.

Margarita laissa échapper un léger cri :

— Tu m'exaspères, Maxime, comme d'habitude ! Tu es prêt à m'abandonner ici, dans ce pays effrayant, avec un homme dont j'ignore tout... Et si je suis malheureuse, qu'est-ce que je ferai ? Veux-tu me le dire ?

— Tu ne seras pas malheureuse avec lui si tu es raisonnable. Tandis que si tu te penches trop souvent sur le passé, en essayant de découvrir ce qui a eu lieu avant ton mariage, avant que tu ne fasses la connaissance d'Alexandre... tu parviendras très facilement à vous rendre malheureux ! Tous les deux, toi et lui !

La princesse ne répondit rien. Après un instant de silence, le prince reprit d'un ton sérieux, presque grave :

— Le bonheur auquel chacun de nous aspire est fuyant, difficile à garder, parce que nous essayons de l'analyser, de le disséquer. Comme des entomologistes, nous le plaçons sous le microscope, nous l'épinglons, nous l'examinons avec nos petites pinces... il ne saurait ni voler ni grandir, tant que nous le traitons ainsi. Alors, il cherche à nous échapper et, parfois, il y parvient...

Le prince avait encore parlé comme pour lui-même, et Pauline comprenait ce qu'il avait voulu exprimer ; mais elle vit Margarita éberluée, furieuse et sur le point de faire un éclat. Alors elle se hâta d'expliquer :

— Ce que Son Altesse Royale cherche à nous faire comprendre, c'est que vous serez plus heureuse si vous faites confiance au grand-duc, si vous croyez en lui, et si vous lui accordez votre amour tout comme il vous offre le sien. Ce qu'il faut, c'est construire ensemble l'avenir afin qu'il soit bien à vous, sans vous préoccuper du passé qui, par définition, n'existe plus. Ce qui est passé n'a plus aucune réalité.

— Mais... la personne à laquelle Alexandre était attaché... elle existe encore, elle ! protesta Margarita, peu convaincue.

Le prince intervint vivement :

— Peut-être, mais... si elle était pour lui quelqu'un de si extraordinaire, il l'aurait épousée et il ne songerait pas aujourd'hui à faire de toi sa femme. Aussi...

Prévenant la réplique de Margarita, après un silence il se hâta de poursuivre :

— Ma chérie, réfléchis sainement, veux-tu ? Alexandre est amoureux de toi ; de cela, je suis sûr. Le tsar a approuvé ce mariage, ce qui est un grand honneur pour Altauss. Tu n'as rien à gagner en te tourmentant pour de prétendues rivales ou pour des liaisons qu'a pu avoir Alexandre naguère et que, pour sa part, il a déjà oubliées ou ne demande qu'à oublier ! Elles n'ont plus pour lui, désormais, aucune importance.

Comme il avait lancé cela sur un ton sec et légèrement agacé, des larmes montèrent aux yeux de Margarita. Elle se leva :

— Vous êtes odieux ! Vous refusez de me comprendre, l'un et l'autre. Vous n'éprouvez pour moi aucune compassion. Il vous est facile, à vous, de raisonner « sainement », comme tu dis, Maxime. Toi, tu ne vois que l'intérêt d'Altauss, et vous, Pauline, vous n'êtes pas concernée. Ce n'est pas vous qui allez vous marier : c'est moi ! J'ai peur, là ! Je suis épouvantée, et vous... vous ne faites rien pour me réconforter !

Sa voix s'était brisée sur les derniers mots. Elle courut à la porte de sa chambre et la fit claquer derrière elle.

Pauline se leva à son tour.

— Margarita !

— Non, un instant. J'ai à vous parler...

Elle regarda le prince avec appréhension, se demandant ce qu'il pouvait lui vouloir. Il s'étonna :

— Pourquoi ma sœur réagit-elle ainsi ?

— C'est compréhensible. Lorsque votre père lui a appris qu'elle allait épouser le grand-duc, elle était incapable de se souvenir non seulement de ses traits, de son allure, mais même du personnage, qu'elle se rappelait n'avoir que vaguement entrevu.

Le prince fronça les sourcils.

— Je croyais qu'Alexandre était allé lui-même à Altauss faire sa demande, avant que ma sœur ne soit conduite à Saint-Pétersbourg.

— Ç'eût été plus raisonnable, et certainement plus correct.

Maxime eut un soupir :

— Cette affaire a été arrangée par le tsar. C'est sa façon de procéder.

Depuis qu'ils étaient seuls, ils s'exprimaient en anglais. Pauline esquissa un haussement d'épaules.

— Le malheur est que votre sœur est trop sensible, beaucoup plus que la plupart des femmes. Elle est aussi très jeune et sans aucune expérience de la vie.

Pauline ne s'attendait pas à voir le prince sourire. Il plaisanta :

— A vous entendre, on croirait que vous avez quarante ans.

— J'ai l'âge de votre sœur. Mais j'ai déjà beaucoup voyagé avec mon père. J'ai connu nombre de pays. Ce qui fait qu'en vérité je me sens réellement plus mûre qu'elle !

— Moi, je vous trouve adorablement jeune.

Elle rit à son tour :

— Il est évident que, dans quelques années, je serai différente. Je ne prétends pas avoir atteint l'âge mûr !

— Oui, mais pour l'instant, vous êtes à mes yeux l'image du printemps. Une image rarissime, dans ce palais.

Il eut une moue désabusée avant de poursuivre :

— Sous ce climat russe, dans cette atmosphère de démesure, tout pousse trop vite, avec trop d'exubérance, et devient trop grand !

— Surtout les bâtiments, les palais ! approuva Pauline. J'avoue que je les ai trouvés impressionnants, presque monstrueux.

— Je suis d'accord avec vous. N'essayez pas d'être à la hauteur des Russes. Restez celle que vous êtes. Mais... qu'allons-nous faire pour Margarita ?

— Elle deviendra raisonnable, vous verrez... Du moins tant qu'elle n'entendra pas d'autres commérages !

— Ah ! ces courtisans ! ragea le prince. Toujours la même chose ! Ils sont non seulement envieux, jaloux, pleins de malice... mais encore méchants !

Ils ne supportent pas de voir une femme ou un homme heureux.

— Vous généralisez un peu vite, reprocha Pauline. Tout le monde n'est pas ainsi, bien que je connaisse moi aussi quelques personnes abominables. J'aime votre sœur. Je ferai tout ce que je pourrai pour qu'elle soit heureuse et le demeure.

Elle eut l'impression que le prince la regardait avec attention comme s'il cherchait à jauger sa sincérité. Enfin, il lui sourit :

— Je vous crois. Mais je considère que vous êtes une exception. Je ne peux que vous remercier de veiller sur ma sœur comme vous le faites.

— Je ne fais qu'essayer... de veiller sur elle ! corrigea Pauline.

— Maintenant, je dois vous quitter. Je compte sur vous pour convaincre Margarita de se montrer raisonnable. De mon côté, je parlerai au grand-duc. Je crois qu'il a la ferme intention de la rendre heureuse.

— Dites-lui, je vous en prie, combien elle est restée enfant. Combien elle a été protégée de tout jusqu'alors, ce qui la laisse terriblement vulnérable... Et qu'il veuille bien considérer qu'elle n'a encore jamais rencontré un homme de son expérience.

Tandis qu'elle s'expliquait, Pauline avait conscience de n'avoir, elle non plus, jamais rencontré encore un homme comme Maxime d'Altauss.

Il était si grand que, pour lui parler, elle devait renverser la tête. Il était autoritaire aussi, mais pas à la façon des Russes. Il portait en lui l'hérédité d'Altauss, avec toute l'humanité et la bienveillance de sa race.

Je l'aime, s'avoua-t-elle, il y a quelque chose en lui de droit et de franc qui le rend très différent du grand-duc et des autres Russes que j'ai rencontrés à Saint-Pétersbourg.

Puis elle se rendit compte que le jugement qu'elle portait ainsi était peut-être prématuré et ses conclusions trop hâtives.

Cependant, elle avait deux certitudes : le prince se sentait concerné par l'avenir de sa sœur, qu'il voulait heureuse, et l'entretien qu'elle avait eu avec lui semblait indiquer qu'il la considérait déjà comme une amie.

— Je vous promets de faire ce que je pourrai pour rassurer Margarita, s'écria-t-elle avec élan.

— Je le sais. J'en suis sûr...

Ils se regardaient dans les yeux et elle eut brusquement envie de poursuivre cet entretien, de parler encore avec Maxime. Son devoir lui enjoignait pourtant de rejoindre la princesse. Mais elle était incapable de faire un geste, un pas... c'était comme si une force surnaturelle la retenait, là, près de lui. Soudain, sans parler, il la prit dans ses bras.

Pauline dut faire appel à toute sa volonté pour lui échapper, reculer, faire une courte révérence et se précipiter vers la chambre de Margarita.

Elle atteignit la porte, mais avant qu'elle ait pu tourner la poignée, le prince était devant elle.

Leurs mains se rencontrèrent et le frisson qui parcourut Pauline l'effraya. Cet homme l'attirait invinciblement...

Le prince avait lentement descendu l'escalier et se dirigeait vers les appartements du tsar quand, dans l'entrebâillement d'une porte, une main parut, puis un poignet couvert de pierreries. Cette main lui agrippa le bras au passage.

C'était la princesse Natacha qui l'attirait dans l'une des antichambres dont le palais abondait et qui, pour le moment, était inoccupée. La pièce était éclairée par des chandeliers en appliques aux murs, et tapissée de livres. C'était l'un des lieux où les gens qui venaient présenter au tsar une pétition ou une supplique attendaient d'être reçus. Et ils restaient assis là des jours, voire des semaines ou même des mois, attendant d'obtenir une audience.

— Où étais-tu ? demanda Natacha.

— Chez ma sœur.

— Elle me vole trop de ton temps, je suis jalouse.

— De ma sœur ? Eh bien ! voilà du nouveau !

— Je me demandais où tu te trouvais. Tu aurais dû deviner que je languissais de t'avoir à moi...

— Je pensais que tu étais en train de te changer pour porter au bal de ce soir une toilette plus extraordinaire encore.

Le ton était sarcastique. Le prince savait qu'il eût été difficile à Natacha de trouver plus riche, plus éblouissant, plus fracassant que la robe qu'elle avait arborée au repas précédent.

Elle avait passé les bras autour du cou du jeune homme et gémissait :

— Nous perdons un temps précieux, Maxime. Embrasse-moi. Cette nuit, lorsque nous serons seuls, je te prouverai combien j'ai souffert de ton absence.

Elle l'obligeait à se pencher afin que leurs bouches se joignent mais, à cet instant, la porte s'ouvrit derrière eux. Natacha laissa retomber les bras le long de son corps tandis que le prince toussotait discrètement.

Quelqu'un entrait : c'était un vieux courtisan à la recherche d'un endroit tranquille où il pût faire une petite sieste avant d'affronter par devoir cette soirée dont, il le savait, il sortirait harassé.

Il ne parut pas reconnaître le couple mais n'en fit pas moins un salut courtois en traversant la pièce pour aller s'affaler dans un confortable et profond fauteuil de cuir, placé près de l'énorme poêle de faïence qui restait toujours allumé à cette époque de l'année.

La princesse serra les dents :

— Au diable ce vieillard ! Maintenant, nous devrons attendre la fin du bal, et encore... si nous pouvons nous éclipser discrètement.

— Il est évident que, pour le moment, c'est difficile !

— Nous attendrons... mais ça va être difficile, mon amour !

Tout en parlant, elle s'était éloignée et, sans attendre la réponse du prince, elle avait quitté la pièce. Elle longeait déjà le couloir de sa démarche souple, alors que Maxime était encore sur le seuil.

Le visage durci et le front pensif, il prit le chemin des salons. Il voulait voir immédiatement le grand-duc et le trouva, comme il l'espérait, dans une pièce où les hôtes du tsar se rassemblaient pendant que les dames se reposaient et changeaient de toilette.

Il buvait du champagne et plaisantait avec deux superbes officiers de la Garde impériale qui claquèrent les talons à l'approche de Maxime.

Il leur sourit.

— Voudriez-vous m'excuser, messieurs ? Je désire un entretien particulier avec le grand-duc. Comme vous le savez, il est très difficile d'avoir une conversation tranquille dans ce palais qui abrite tant de monde.

Cette constatation les fit rire. L'un d'eux s'inclina légèrement :

— Comment pourrions-nous refuser quelque chose à Votre Altesse Royale, alors qu'elle vient d'infliger une défaite à un homme qui nous défiait depuis bientôt quarante ans ?

— Nous ne l'avons pas encore définitivement vaincu. Et j'aimerais que vous sachiez que j'ai beaucoup d'admiration et le plus grand respect pour Chamil. Son courage est authentique, et son acharnement devrait susciter en nous une saine émulation.

— J'en doute ! répondit le second officier ; franchement, je n'ai nulle envie d'être expédié dans le Caucase. J'en ai trop entendu sur les souffrances que vous y avez endurées.

Il s'éloignait avec son camarade et Maxime resta seul avec le grand-duc Alexandre.

— Beaux soldats pour temps de paix ! railla-t-il.

— Il vaut mieux pour eux que le tsar ne les ait pas entendus. Sinon, ils seraient sans doute au premier rang de la prochaine bataille.

— Ça leur ferait du bien ! Nos hommes, dans le Caucase, ont fait preuve d'une admirable bravoure. Et je vous assure qu'il leur était très difficile de se plier à des tactiques nouvelles, qui n'avaient été employées dans aucune des campagnes engagées par la Russie.

— N'empêche qu'il aura fallu quarante ans, et vous à leur tête, pour en arriver là où ils en sont aujourd'hui !

— Vous me flattez ! Mais franchement, Alexandre, j'ai parfois l'impression que ceux qui vivent ici dans le luxe et se contentent d'apprécier nos combats n'ont pas la moindre idée de ce qu'est une bataille, ni de ce qui se passe sur le terrain, lorsque la terre se teinte du sang des hommes.

— Et, comme il est inutile d'essayer de le leur faire comprendre, parlons d'autre chose, d'un sujet plus agréable, mon cher, suggéra Alexandre.

— De ma sœur, par exemple ?

Le ton de Maxime alerta le grand-duc :

— Pourquoi ? Quelque chose lui a déplu ?

— Elle a simplement entendu des bavardages qui l'ont effrayée.

— Ah ! Ces femmes, avec leur langue !... Dire que c'est la même chose dans le monde entier et que nous, les hommes, nous n'y pouvons rien !

— Si. En l'occurrence, vous pourriez la rassurer.

— Mais comment ?

— En lui faisant admettre que le passé est le passé, et que votre avenir, c'est elle.

Le grand-duc soupira :

— Je sais à quoi vous faites allusion, Maxime. Ce n'est pas facile...

Un silence tomba. Le prince attendait, pensant que, peut-être, Alexandre allait ajouter quelque précision, ce à quoi, lui, il pensait. Mais quand le grand-duc parla, soudain, ce fut pour conclure :

— Merci de m'avoir informé. J'aurais dû me méfier. Mais, comme le tsar a décrété que notre mariage aurait lieu à la fin de la semaine prochaine, il me sera permis bientôt d'agir selon mes propres sentiments.

— Tout ce que je vous demande, insista Maxime, c'est d'essayer de rendre Margarita heureuse.

— Telle est ma ferme intention. Je l'aime, Maxime, et je veux que nous soyons heureux ensemble. Très heureux ! Elle est ravissante, c'est encore une enfant, je ne l'ignore pas... et elle est si différente de nos femmes slaves ! Celles-là ont la coquetterie dans le sang et commencent à « vivre leur vie » avant même d'avoir quitté le berceau...

Maxime ne put s'empêcher de rire.

— Je vois... Souvenez-vous que les mœurs et les mentalités, en Russie, sont totalement différentes de celles des autres peuples.

— Je m'en souviendrai. Cependant, il me semble que vous, mon cher Maxime, vous avez assez vite oublié les mœurs et idées de votre pays pour adopter les nôtres, non ?

— Je me plais ici... J'ai une immense gratitude envers le tsar pour m'avoir donné le rang que j'occupe dans son armée, et pour toutes les faveurs dont il me comble. Néanmoins, je trouve bien des choses aliénantes et difficiles à accepter, pour parler franc !

Avant de poursuivre, le prince jeta un regard froid, presque dur, à cet homme qui était assis à côté de lui :

— Et si cela est difficile pour moi, vous pouvez comprendre que cela le soit pour une femme, surtout aussi jeune que Margarita, et qui a toujours vécu en famille, sans complication, dans un pays aimable où les gens sont simples et accueillants.

— Je ne peux que vous réaffirmer que j'entends rendre votre sœur heureuse. Et que je suis moi-même heureux qu'elle devienne ma femme, affirma le grand-duc.

A nouveau, le prince eut l'impression que celui-ci n'exprimait pas le fond de sa pensée. Maxime ne parvenait pas à discerner ce qui, dans son attitude, sonnait faux à ses oreilles.

Il lui tendait la main.

— Merci, Maxime. Je suis content que vous soyez ici. Nous n'avons pas l'occasion de nous voir souvent et, pourtant, nous avons l'un pour l'autre, c'est indéniable, ce que les Français appellent de la « sympathie ».

— Ce dont je suis sûr, répondit le prince en prenant cette main tendue, c'est que si ma sœur doit épouser un Russe, je préfère que ce soit vous plutôt que tout autre.

Alexandre plaisanta :

— Merci encore, Maxime, pour ce compliment ambigu ! Il est préférable que le tsar n'ait pu l'entendre.

— Il n'aurait pas compris ! se permit de répondre Maxime.

4

La salle de bal était fastueuse. Pauline n'en avait jamais vu de semblable. Elle savait que le tsar transformait les salles de bal en jardins et les jardins en palais fantastiques ; que, parfois, trois mille hommes s'affairaient sur son ordre à créer des rocailles, des fontaines, des bassins, des jets d'eau, dans l'une de ses résidences.

Elle dut abandonner tout esprit critique en pénétrant dans la salle : on ne pouvait qu'admirer et être ébloui. Un décor parfait pour les uniformes bleu paon dessinés par le tsar et que les miroirs géants reflétaient à l'infini, ainsi que les joyaux et les robes somptueuses des femmes qui valsaient, emportées par la musique d'un orchestre de violons.

Bien qu'elle eût assisté à de nombreux bals à Altauss, et à quelques-uns en Italie, alors qu'elle n'était encore qu'une très jeune fille, pour Pauline, celui-ci ne ressemblait à rien de ce qu'elle avait imaginé dans ses rêves les plus fous.

Elle avait l'impression de pénétrer dans un conte de fées : c'était le bal de Cendrillon, avec son atmosphère irréelle ; tout homme y était séduisant, toute femme dotée d'une grâce indicible, dans une ambiance qui, par comparaison, donnait aux bals les plus mondains de l'Europe occidentale l'allure de vulgaires sauteries.

Parmi ces créatures drapées de soie et couvertes de joyaux, Pauline avait reconnu la princesse

Natacha et ne parvenait plus à en détacher son regard. Celle-ci avait réussi à se surpasser; elle était encore plus éblouissante qu'au dîner, bien qu'il semblât que cet exploit lui serait impossible. Elle ne devait jamais être à court d'imagination quand il s'agissait de briller de tout son éclat. Non sans audace, elle était ce soir vêtue en princesse orientale, et couverte d'émeraudes... Aucun couple ne pouvait avoir plus grande allure que celui qu'elle formait avec le prince Maxime.

Au cours de la nuit, Margarita ne dansa qu'avec son fiancé, tandis que Pauline était invitée à chaque danse par l'un ou l'autre des nombreux officiers ou aides de camp en grande tenue qui, chacun son tour, la comblaient de compliments extravagants.

Cela aurait pu lui tourner la tête si, en Italie, elle n'avait déjà connu ce genre de flatteries grandiloquentes. Ils disaient tous la même chose, mais ceux-ci étaient blonds aux yeux bleus, alors que les Italiens étaient bruns aux yeux noirs.

Au-delà de la salle de bal se trouvait une suite de salons transformés en jardins abondamment fleuris, et il était impossible de deviner si l'on était toujours à l'intérieur du palais ou au-dehors. Les plafonds eux-mêmes étaient peints en bleu nuit, et scintillaient de petites lumières imitant les étoiles. Des parterres de rosiers, de lys, d'orchidées et d'œillets embaumaient l'air; l'on en était quelque peu grisé.

Un des danseurs y avait conduit Pauline et lui murmurait :

— Vous êtes très belle, mademoiselle. Dès que je vous ai vue, mon cœur s'est arrêté de battre et j'ai su que je venais de tomber amoureux. Subitement, mais irrémédiablement.

Il lui avait déclaré cela en français et elle répondit en riant, dans la même langue :

— Vous êtes très flatteur, monsieur. Mais j'avoue que j'ai quelque mal à croire à votre sincérité.

Il lui prit la main, en frappa la paume de la sienne.

— Je vous jure solennellement que je suis sincère et que je vais passer maintenant les mille années à venir, et même l'éternité, à tenter de conquérir votre cœur. Vous serez obligée de me croire.

Comme elle riait plus fort, il reprocha :

— Vous êtes cruelle, sans pitié... Vous devez pourtant bien reconnaître quand un homme est sincère ! Je ne vous ai pas dit un seul mot qui ne le soit. Notre rencontre est inscrite dans le livre du destin !

— Votre déclaration me paraît aussi irréelle que tout ce qui m'entoure ce soir, affirma Pauline d'un ton uni.

Son compagnon fut décontenancé :

— Puis-je me permettre de vous faire remarquer que vous êtes typiquement anglaise ? Il n'y a que les Anglais pour considérer avec réalisme les choses trop subtiles pour être exprimées par des mots.

— C'est que nous sommes gens raisonnables. La raison n'est pas toujours réaliste : il nous arrive aussi de rêver mais nous *savons* que nous rêvons...

— Eh bien, moi, je ne rêve pas. Je sais que je vous aime et je vous affirme qu'un jour vous m'aimerez.

Comme il commençait à l'ennuyer, Pauline remarqua :

Il fait chaud, ici. Pourrais-je avoir quelque chose à boire ?

— Naturellement. J'aurais dû y penser. Je vais appeler un valet.

Il se leva du banc où ils s'étaient assis, cernés de roses toutes écloses et parfumées.

Restée seule, Pauline poussa un soupir de soulagement. Chacun de ses danseurs s'était montré presque aussi entreprenant que celui-là.

Bien qu'elle eût déjà oublié leurs noms, elle savait qu'ils appartenaient à la haute aristocratie et, même s'ils lui avaient offert leur cœur, il était douteux qu'ils soient disposés à lui offrir l'anneau nuptial.

Certes, elle n'était pas à la recherche d'un mari. Son père n'avait aucun souci à se faire. Si beaux, éloquents et charmants que soient les Russes, elle n'avait nullement l'intention d'en épouser un.

Alors qu'elle pensait « mariage », le mot fut nettement prononcé non loin de Pauline et une voix féminine répondit à la phrase qui venait d'être dite :

— Mais qu'en pensez-vous, vous, de la petite princesse d'Altauss ?

L'homme n'eut pas une hésitation :

— Elle est adorable, et Alexandre a de la chance. Le tsar aurait pu lui choisir beaucoup, beaucoup moins bien.

— Ah ! C'est le choix du tsar ?

— Sans aucun doute.

— Je suppose qu'il considère qu'Alexandre est allé un peu loin cette fois. Une liaison ne doit jamais durer si longtemps.

— Il faut dire que Marie-Céleste n'est pas une femme banale ! Non seulement elle est très séduisante, mais elle lui est fidèle, et depuis des années...

La femme eut un petit rire de tête.

— Décidément, les Françaises ont un talent spécial pour retenir les hommes. Que va-t-elle devenir, maintenant ?

— Elle va sans doute retourner en France. En emmenant son fils, bien que le tsar ait affirmé qu'il le prendrait en charge.

Pauline retint son souffle. Elle avait peine à croire que ce qu'elle entendait était bien réel.

Pourtant, il était impossible d'en douter. C'était donc ce secret dont Margarita avait eu le pressentiment. C'était donc pour cela que le passé du grand-duc la tourmentait !

Pauline serra ses mains moites d'émotion l'une contre l'autre, attendant que le couple, qu'elle ne pouvait voir, poursuive ses révélations.

Ce fut la femme qui reprit en soupirant :

— Une fois Alexandre marié, nous n'aurons plus beaucoup l'occasion de parler de lui. Il faudra que vous trouviez d'autres histoires passionnantes, Vladimir, pour me distraire.

— Je ferai de mon mieux, ma chère.

Le cavalier de Pauline revenait, suivi d'un valet portant un plateau d'or sur lequel étaient disposées différentes boissons.

Pauline prit un verre sans se soucier de ce qu'il contenait, l'esprit ailleurs. Elle était inquiète : si Margarita avait été à sa place et qu'elle ait elle-même surpris ces propos, cela eût d'un seul coup glacé le sentiment qui, tel un bouton de rose au printemps, commençait à s'épanouir dans son cœur.

A partir de cet instant, Pauline ne se souvint pas de ce que lui avait dit son danseur, ni ce qu'elle lui avait répondu machinalement. C'était sans importance en face de ses préoccupations.

Elle savait seulement qu'elle avait éprouvé un grand soulagement lorsqu'ils étaient revenus dans la salle de bal et qu'elle avait dansé avec un autre, tout en cherchant ce qu'elle devait faire pour résoudre le problème qui l'angoissait à présent.

Elle redoutait que quelque bavarde — et elle n'excluait aucune des femmes qu'elle avait déjà rencontrées à la Cour — n'aille dire à Margarita que le grand-duc avait eu un enfant de sa maîtresse, que cette liaison durait depuis des années, et que, sans l'opposition du tsar il aurait déjà épousé la mère de son fils.

Et pourquoi ne l'a-t-il pas épousée quand même ? pensait-elle, outrée et soudain révoltée.

Mais elle savait que son indignation était stupide. Elle avait appris par son père ce qu'il en coûtait aux malheureux couples, même princiers, qui osaient passer outre la volonté du tsar. C'était pour eux la déchéance, l'exil... et pis encore, peut-être !

La Française, elle, au moins, a pu sauver sa liberté et sa vie, songea-t-elle.

Il n'y aurait donc pas d'obstacle, et tout devrait bien se passer, à condition que Margarita n'apprenne pas ce que cette Marie-Céleste avait représenté pour le grand-duc, ni surtout qu'ils avaient eu un enfant.

Pauline elle-même, en dépit de ses connaissances diverses, ignorait tout de l'amour physique — ayant vécu très protégée. Aussi était-elle scandalisée qu'un gentilhomme pût être père en dehors du mariage.

Elle avait trop vécu dans le monde des diplomates pour ignorer qu'il y avait, dans tous les pays, des « courtisanes » à qui les hommes donnaient beaucoup d'argent et offraient des bijoux qu'elles arboraient aussi orgueilleusement que les militaires arborent leurs décorations gagnées au champ d'honneur !

Mais elles étaient très différentes des dames qui poursuivaient son père de leurs assiduités ! Et Pauline pensait que son père étant séduisant, ces femmes avaient envie de se trouver en sa compagnie et d'être courtisées par lui. Elle les comprenait, du reste. Et, pour elle, l'intimité amoureuse entre un homme et une femme se bornait à cela.

Les enfants ne pouvaient résulter que d'un amour conjugal. Que le grand-duc, sans être marié, ait eu un enfant d'une femme, déconcertait Pauline.

Plus elle y pensait, plus elle était convaincue que c'était une grave menace pour Margarita. Cela risquait de détruire la base encore fragile de son futur bonheur.

Il faut que je parle au prince, il faut absolument que je lui parle! décida-t-elle.

Mais il était presque impossible de l'approcher. Chaque fois qu'elle le voyait, la princesse Natacha était suspendue à son bras, ou tout près de lui, le regardant d'une façon que sa mère, elle en était sûre, aurait jugée indécente et indigne d'une princesse.

Ce ne fut que très tard dans la nuit, ou plus exactement aux premières lueurs de l'aube, alors que les autres invités commençaient à bâiller discrètement derrière leur main, que le grand-duc et Natacha dansèrent ensemble.

Tandis que Pauline les regardait s'enlacer, aux premiers temps d'une valse, elle eut la sensation que quelqu'un se trouvait auprès d'elle.

— Voulez-vous m'accorder cette valse, miss Handley?

Elle se retourna: c'était le prince Maxime.

— Volontiers.

Ils dansaient depuis quelques secondes lorsqu'elle ajouta:

— Je voulais justement vous parler. Mais... pas en dansant.

— Je vous écouterai avec plaisir, plus tard. Car je tiens à achever cette valse avec vous. Je suis ravi de constater que j'avais raison: vous êtes aussi légère qu'un duvet de chardon.

Il avait dit cela en anglais et Pauline ne put s'empêcher de rire:

— Que savez-vous du duvet de chardon anglais?

— Oh! nous en avons, nous aussi, à Altauss. Mais, si vous préférez, je peux vous comparer à une flamme dans la cheminée, ou encore à une alouette volant haut dans le ciel...

— Seriez-vous aussi poète ? Comme le sont les Russes !

— Peut-être. Ils en font trop, mais on dit qu'« il faut en faire trop pour être sûr d'en faire assez ». C'est ce que m'enseignait ma nourrice dans mon enfance.

— Votre nourrice ? Vous aviez donc une nourrice anglaise ?

— Naturellement, comme tous les gens *comme il faut* à Altauss. En Russie, on n'a pas de nourrices anglaises, mais des précepteurs français à profusion.

— J'ai appris, en effet, que le français se parlait couramment ici.

— En Russie, on n'est pas « dans le ton » si l'on n'a pas eu, au moins, un éducateur d'importation, qu'il soit anglais ou français. C'est la raison pour laquelle nous avons des personnalités quelque peu « métissées ». Nos caractères, nos comportements, sont fort influencés par cette éducation.

Il disait cela avec tant d'ironie qu'il était impossible de garder son sérieux. Cependant Pauline n'oubliait pas la conversation qu'elle avait surprise plus tôt dans la soirée.

Ils dansèrent encore quelques minutes, puis Pauline le regarda de telle sorte qu'il comprit qu'elle avait hâte de l'entretenir de ce qui la préoccupait. Il lui fit faire encore une fois le tour de la piste. La jupe de la jeune fille tourbillonnait comme une voile dans le vent. Puis, insensiblement, sans cesser de valser, il s'éloigna du centre, de plus en plus, jusqu'au moment où, sans être remarqués, ils purent se faufiler dans une pièce voisine.

Dans celle-ci, pas de jardin, mais des tonnelles éclairées par une lune artificielle luisant doucement dans un ciel laiteux.

Pauline prit place sur un siège d'osier garni de coussins tandis que le prince s'asseyait à côté d'elle, dans une pénombre bleutée qui laissait à peine voir ses traits.

Les tonnelles étaient faiblement éclairées, afin de permettre à ceux qui le désiraient de s'y réfugier sans crainte d'être remarqués ou reconnus.

Le prince avait posé son bras sur le dossier du siège, derrière Pauline.

— Eh bien, demanda-t-il, qu'est-ce qui vous tracasse ?

Un peu émue, elle lui rapporta, par bribes de phrases hésitantes, l'entretien qu'elle avait surpris. Quand elle se tut, il garda à son tour le silence.

Au bout d'un instant, elle demanda presque agressive :

— Dois-je comprendre que vous le saviez ?

— Oui. Je le savais.

— Et vous avez trouvé normal que votre sœur soit mariée à un homme qui a eu un enfant avec sa maîtresse ?

Il prit encore un long temps avant de constater :

— Je suis très étonné que mon père ne se soit pas rendu compte que c'était une erreur d'envoyer Margarita en Russie avec une personne aussi jeune et aussi candide que vous.

Pauline se rebella :

— Vous jugez donc que je ne suis pas qualifiée pour être la dame d'honneur de la princesse ?

— J'estime seulement que quelqu'un de plus âgé aurait sans doute été capable d'accepter certaines réalités sans être choquée comme vous semblez l'être.

— Ce que j'éprouve n'a aucune importance. Il ne s'agit pas de moi, mais de votre sœur. C'est à elle que je pense.

— Moi aussi, je pense à elle, et je puis vous assurer, mademoiselle Handley, que je crois très sincèrement ce que je vais vous répéter. Le passé est le passé. Et l'avenir de Margarita est maintenant entre les mains d'un homme qui l'aimera et qui veillera sur elle beaucoup mieux et plus tendrement que ne le ferait un autre qui n'aurait aucune expérience de ce qu'est l'amour... Et de ce que sont les femmes.

— Mais... il a un fils ! Et il n'est pas normal qu'il n'épouse pas la femme qui lui a donné cet enfant !

— C'est une situation qui, bien que regrettable, arrive fréquemment. Et pas uniquement dans notre monde moderne. L'Histoire en est tissée !

— J'en ai parfaitement conscience. Mais, cependant, si votre sœur l'apprend, comment pourra-t-elle le supporter ?

Pauline secoua la tête et continua, plus doucement :

— Peut-être que le grand-duc souffrira d'être séparé de son fils ? Peut-être voudra-t-il le voir souvent, afin de lui enseigner ce qu'il estimera nécessaire pour que cet enfant devienne... ce que tout père désire, sa réplique, l'être qui doit continuer après lui...

Elle pensait à son propre père, qui avait si amèrement regretté qu'elle ne fût pas un garçon.

Sa mère le lui avait dit un jour : Tu dois être forte, ma chérie, pour ton papa, qui a été tellement déçu que tu ne sois pas le fils qu'il avait tant désiré. — Et pourquoi papa aurait-il préféré un garçon plutôt qu'une fille ? avait-elle rétorqué avec un air de défi. — Parce que ce qui importe aux hommes plus que tout, c'est de pouvoir apprendre à leur enfant à monter à cheval, à se battre et à marcher dans leurs traces. Et, naturellement, que leur fils perpétue le nom de la famille en ayant à son tour des garçons.

Pauline était alors très jeune. Elle aimait tendrement son père et elle avait éprouvé une vive jalousie pour ce frère qui lui eût été préféré.

— Ainsi, moi, je ne lui suffis pas, à papa ? Pourquoi ? — Parce que, ma chérie, bien que papa te chérisse, tu es une fille. Un jour tu te marieras. Tu prendras le nom de ton mari. Et, si tu lui donnes un fils, ce fils appartiendra à sa famille à lui, et non pas à la nôtre, avait conclu sa mère.

Pauline avait essayé de comprendre l'importance de tout cela. En grandissant, elle s'était rendu compte, maintes fois, que son père ne pouvait s'empêcher d'être déçu, quand il allait sur les terrains de sport, où un fils l'aurait accompagné... Et même dans sa carrière diplomatique, où un fils eût pu lui succéder, atteindre les sommets auxquels il n'avait pas eu lui-même accès...

Pauline aurait aimé avoir un frère séduisant et charmant, un compagnon comme son père avait su l'être, mais de son âge, ou presque. Parfois, elle avait même imaginé que si le sort la condamnait à épouser un homme qui avait déjà un fils, né d'une autre femme, elle se sentirait lésée, frustrée, dépouillée sans retour de quelque chose d'essentiel et de vital !

Elle voulait être celle, et la seule, qui donnerait à l'homme qu'elle aimerait ce gage de leur union, unique et précieux pour tous deux, mais surtout pour lui. Ce présent magnifique !

Comme s'il avait suivi le cheminement de sa pensée, le prince constata à voix basse :

— Pour autant que nous le regrettions, nous ne pouvons rien contre le passé.

— Et pourtant, sachant cela, vous continuez à estimer que le grand-duc est l'époux qui convient à la princesse ? s'étonna Pauline.

— Je n'ai pas voix au chapitre, en l'occurrence. Mais si l'on me demandait mon avis, je dirais sans mentir que je ne vois rien là qui constitue un obstacle insurmontable au bonheur de Margarita.

Impulsivement, Pauline lança :

— Eh bien, moi, si !

— Mais vous n'êtes pas de sang royal ! Et je suppose qu'en tant que fille de votre père vous savez qu'il existe une loi pour nous, à laquelle ne sont pas tenus d'obéir ceux qui n'auront jamais la responsabilité de diriger une nation.

— Oui, je sais, et je ne peux dire qu'une chose : j'en suis navrée pour vous.

Maxime sourit dans l'ombre.

— Je crois pouvoir dire que nous le sommes souvent pour nous-mêmes... Cependant, Margarita trouvera de grands avantages à devenir grande-duchesse et parente du tsar. Bien qu'on puisse le considérer comme un monarque tyrannique, implacable envers les peuples qu'il domine, il faut savoir que pour les siens il est un homme affectueux et qui veille sur leur bien-être.

Pauline avait entendu son père affirmer la même chose, et elle n'en doutait pas. Mais cela n'apaisait pas ses inquiétudes présentes.

— Ce que nous devons empêcher, reprit le prince d'une voix dure, c'est que des bavardages inconsidérés ne viennent troubler Margarita. Je suis vraiment reconnaissant au Ciel de ce qu'elle n'ait pas été à votre place ce soir.

— Oh ! moi aussi.

— Mais je suis navré pour vous que vous ayez reçu un tel choc.

— Comme vous le disiez, c'est sans doute parce que je suis... jeune et ignorante, ironisa Pauline.

— Je le maintiens ! Et je trouve que ce fut une erreur également pour vous de venir en Russie...

C'est un pays immense, étrange, prodigieusement intéressant, mais dangereux de bien des façons pour un être comme vous, déclara Maxime avec fermeté.

— Je n'ai pas peur pour moi. Mon père m'avait avertie des risques que je courrais en Russie. Je peux y faire face.

— Je présume que vous entendez par là qu'il vous avait mise en garde contre les hommes de ce pays ? Alors écoutez-moi, je vous en prie, mademoiselle...

Quelque chose dans le ton de Maxime la fit le regarder avec surprise, tandis qu'il poursuivait :

— Vous êtes très belle, vous le savez, et il est fatal que beaucoup d'hommes vous le disent. Mais sachez qu'aucun d'eux ne pourra vous épouser sans l'autorisation du tsar ; et le tsar ne permettra jamais à aucun de ses sujets de sang royal d'épouser une jeune fille sans quartiers de noblesse.

Il avait parlé lentement, gravement, en appuyant sur les mots, sans se soucier de la blesser, dans son désir de la convaincre.

— J'en suis tout à fait consciente, répliqua-t-elle avec vivacité, et je comprends que c'est cela qui a dû empêcher le grand-duc d'épouser son amie française, fût-ce morganatiquement.

Le prince hocha la tête.

— Elle était d'excellente famille. Son père ne faisait pas partie de la haute aristocratie française, mais il était néanmoins gentilhomme. Cependant, Sa Majesté a considéré qu'elle ne convenait en aucune façon comme épouse du grand-duc.

Pauline serra les lèvres. Elle avait envie de répliquer que, dans ce cas, le grand-duc aurait dû la laisser tranquille. Elle ne se serait pas mise d'elle-même dans une position si humiliante.

— L'amour, continuait le prince, est plus fort que la prudence et la sagesse. Et il ne fait aucun doute que le grand-duc a été très heureux, pendant des années, avec une femme qui l'aimait pour lui-même et non pour son titre.

— Et maintenant ?

— C'est fini, totalement terminé ! Bien qu'il ne m'en ait pas parlé personnellement, j'ai su par ses amis qu'il ne verrait plus cette femme.

— On peut considérer cela comme encourageant, murmura Pauline.

Un long silence tomba. Le prince avait senti, sous cette remarque, une légère ironie, un peu méprisante.

— J'ai compris, reprit-il, que certains arrangements avaient été pris concernant l'enfant, mais cela n'est pas notre affaire. Et ce à quoi nous devons nous attacher, c'est à faire en sorte que Margarita ignore toujours son existence, n'est-ce pas, Pauline ?

Elle était tellement préoccupée par l'avenir de Margarita qu'elle ne remarqua pas qu'il venait de l'appeler par son prénom.

— Vous parlerez au grand-duc, n'est-ce pas ? Vous lui expliquerez combien il est important que Margarita ignore le passé ?

— Oui, je lui parlerai.

— Peut-être pensez-vous que je suis stupide d'être aussi bouleversée par ce que j'ai entendu. Mais c'est parce que je l'ai été que je mesure à quel point Margarita en serait elle-même blessée... Il sera peut-être difficile au grand-duc de comprendre que, parce qu'elle n'est pas russe, Margarita a forcément des réactions et une mentalité très différentes de celles que doivent avoir les jeunes filles élevées dans l'atmosphère de la Cour de ce pays.

A sa grande surprise, le prince se pencha pour saisir la main de Pauline et la porter à ses lèvres.

— Lorsque vous m'avez dit que vous vouliez veiller sur Margarita et faire tout ce qui était en votre pouvoir pour qu'elle soit heureuse, j'espérais simplement que vous étiez sincère. Maintenant, je comprends que le bonheur de ma sœur est réellement important pour vous. Combien vous l'aimez. Et je vous en suis plus reconnaissant que je ne pourrais vous l'exprimer.

Le contact de ces lèvres sur sa main provoqua en Pauline une sensation d'une étrange douceur ; une onde sourde parcourut tout son corps. Ce n'était pas la première fois qu'on lui baisait la main ! Mais jamais elle n'avait éprouvé cette impression, et elle ne se l'expliquait pas.

— Il faut que je vous ramène à la salle de bal, annonça Maxime. Si nous nous en absentons trop longtemps, on va commencer à jaser sur nous et cela, j'en suis certain, serait très fâcheux.

— Oh ! oui, il ne faut pas, s'écria Pauline en se levant d'un bond.

Avait-elle commis une imprudence en s'isolant ainsi avec le prince ? Mais non, il le fallait, pour le bien de Margarita !

La lumière de la lune artificielle l'enveloppa comme d'un halo d'argent. Elle avait l'air, ainsi, d'une créature venue d'ailleurs, d'une apparition presque surnaturelle, avec son si ravissant visage...

Le prince, immobile, la contemplait de ses yeux sombres. Durant quelques secondes, elle ne put bouger ni détacher son propre regard de celui qui la fixait ainsi, comme si une sorte de magnétisme l'en empêchait.

Elle parvint pourtant à balbutier :

— Il faut... retourner là-bas.

— Oui, bien sûr ! acquiesça vivement le prince avec un sursaut, comme s'il s'en souvenait soudai

Et c'est en silence qu'ils regagnèrent la salle de bal.

Les derniers feux de l'aurore éclairaient le ciel lorsque le prince regagna enfin sa chambre. Un valet à demi endormi l'attendait pour l'aider à ôter son uniforme compliqué.

Sans un mot, le prince se dévêtit, endossa une longue robe de chambre dont l'ourlet frôlait le tapis, et alla tirer les rideaux de la fenêtre.

Les premiers rayons du soleil atteignaient les dômes des églises de l'autre côté de la rivière, et on ne voyait âme qui vive. La terre entière semblait sereine et paisible.

A cet instant, il se souvint du regard éloquent que lui avait lancé Natacha, un peu plus tôt, en lui disant bonsoir, alors qu'elle quittait le bal.

Il était sûr qu'après avoir congédié son valet il la verrait entrer dans sa chambre par l'une des portes secrètes qui s'ouvraient dans les murs de toutes les chambres du Palais d'Hiver. Ne les connaissaient, évidemment, qu'un nombre restreint de privilégiés.

Natacha était bien sûr au courant de leur usage, qu'elle en ait été informée par la Troisième Section ou par le tsar lui-même. Maxime se disait maintenant — il n'y avait guère songé auparavant — qu'il était dangereux que Natacha pût ainsi l'approcher à sa guise au lieu d'attendre qu'il la rejoigne quand il en avait lui-même le désir.

Dans ses « affaires de cœur », et elles étaient multiples, jusqu'alors c'étaient les femmes qui l'attendaient, et non le contraire...

Maxime découvrait soudain la sensation d'être manipulé, et il en avait horreur. Il entendait rester le maître, dans ses rapports avec ses partenaires :

lutter pour conquérir celle qu'il désirait et, ensuite, la soumettre à ses volontés. S'il lui arrivait de se plier aux siennes, ce ne pouvait être que par tendresse ou condescendance, mais sans obligation aucune.

Or, avec Natacha, il se sentait comme une proie dont elle s'emparait, trop sûre d'elle, sachant qu'il satisferait ses désirs, sans lui opposer la moindre résistance.

Cela ne répondait nullement à sa conception de ce genre de liaisons !

De plus, Maxime constatait que la passion dévorante dont ils avaient brûlé la dernière fois qu'ils s'étaient trouvés ensemble à Saint-Pétersbourg, s'était considérablement attiédie... En dansant cette nuit avec Natacha il n'avait pas ressenti le même émoi. Quand elle lui avait parlé dans l'antichambre avec cette attitude suggestive qui aurait dû lui donner la fièvre et l'impatience douloureuse de la rejoindre, il n'avait éprouvé qu'une satisfaction très raisonnable à l'idée du plaisir promis dans quelques heures, plaisir qu'il s'était comme résigné à attendre, sans s'énerver.

Alors que les rayons du soleil faisaient pâlir les étoiles tardives, Maxime prit sa décision. Il commença à tirer lui-même les rideaux de la fenêtre, laissant le temps au valet de disparaître avec un respectueux : « Bonne nuit, Votre Altesse », et emportant sur son bras les vêtements qu'il devait lui préparer pour le lendemain. Maxime acheva de fermer les rideaux et laissa sa chambre dans l'obscurité. Il avait rouvert la porte et il était sorti...

Pour y avoir souvent circulé, il connaissait parfaitement le palais. Il savait qu'à cet étage de nombreuses chambres étaient réservées aux hôtes assez importants pour être logés dans la partie « officielle » mais qui, venus sans leur épouse, pouvaient se contenter d'une pièce aux dimensions modestes, et sommairement meublée.

Comme il y avait, en ce moment, un petit nombre d'invités dans ce cas, il devait se trouver, dans cette partie du palais, cinq ou six chambres inoccupées.

Maxime parcourut le couloir puis, se fiant à son instinct, ouvrit une porte au hasard.

La chambre était plongée dans l'obscurité. Il attendit, l'oreille aux aguets, mais ne perçut aucun souffle, aucune respiration. Rassuré par ce silence total, presque oppressant, il traversa la chambre, guidé par le mince rai de clarté de la fenêtre, dont les rideaux étaient entrouverts. Une fois à la fenêtre, Maxime souleva l'un des rideaux et examina le lit. Nul n'y dormait. Par chance, il était garni de couvertures.

Avec un petit sourire, Maxime revint à la porte et poussa le loquet ; puis il souleva les couvertures de satin ouaté, brodées aux armes de sa Majesté Impériale.

Ayant ôté sa robe de chambre, il se glissa avec délices sous ce douillet abri et se prépara à un bon et paisible sommeil.

Maxime n'ignorait pas qu'à son réveil il devrait avoir une explication avec Natacha et fournir un motif à son absence...

Lequel ? Ce serait délicat ! Mais Maxime restait optimiste : il trouverait quelque chose. Pour l'instant, il s'agissait avant tout de dormir.

Pauline et la princesse s'étaient retirées chez elles plus tôt : Margarita se sentait lasse et avait assez dansé.

Tandis qu'elles montaient le grand escalier, la princesse avoua :

— J'ai passé une soirée exaltante ! Je n'imaginais pas qu'Alexandre dansait si bien. C'est le meilleur danseur que j'aie jamais eu.

— Votre frère aussi danse fort bien.

— Je vous ai vus, tous les deux. Et j'étais contente de constater qu'il pouvait, par moments, échapper à sa sultane ! On aurait dit une danseuse orientale échappée d'un harem, avec toutes ces émeraudes. Je la déteste, cette Natacha !

— Mais vous la connaissez à peine ! Qu'a-t-elle fait pour vous déplaire ?

— Vous n'avez pas vu son comportement avec Maxime ? Elle devrait avoir honte de se conduire aussi vulgairement. Je ne m'attendais pas à cela dans un bal au palais impérial !

Pauline avait eu elle aussi la même impression, mais elle pensa que ce n'était pas une chose à dire.

— Je trouve que la princesse Natacha était très belle... en personnage de conte oriental...

— Maxime partage sans doute votre avis et il est en admiration devant elle ; je me demande pourquoi ! D'après ce que j'ai entendu sur elle, c'est une femme dangereuse. Une créature véritablement perverse.

— Pourquoi croyez-vous cela ?

La princesse fit signe à Pauline qu'elle désirait lui parler à l'oreille.

— Elle espionne pour le tsar ! Quelqu'un m'a affirmé que lorsque le tsar veut obtenir un renseignement d'un diplomate, comme votre père par exemple, Natacha est chargée de faire sa conquête, et de lui extorquer ses secrets en ce qui concerne son pays.

Pauline était stupéfaite.

— Êtes-vous sûre de ce que vous dites ?

— C'est ce qu'on raconte. L'épouse d'un haut dignitaire m'a mise en garde contre Natacha. Et elle m'a assuré qu'elle-même, et plusieurs autres dames de la Cour voudraient l'exclure de leur société. Mais, comme elle est utile au tsar, personne ne peut rien contre elle.

Pauline pensait qu'en effet le comportement de la princesse Natacha était assez étrange, notamment la façon dont elle osait flirter sans pudeur avec Maxime.

— Croyez-vous que votre frère soit au courant de... de ces bruits qui courent sur elle ?

— Je suppose ! Mais comme elle est très séduisante, répondit Margarita d'un ton léger, et qu'elle semble avoir du goût pour lui, il préfère ne pas s'en soucier. Après tout, il ne détient aucun secret qu'elle puisse lui soutirer.

Peut-être... Mais Pauline, en fille de diplomate, imaginait qu'il pouvait y avoir à Altauss des documents ou des négociations en cours avec d'autres puissances, que le tsar eût été bien aise de connaître afin, soit d'y parer, soit de s'en servir à des fins personnelles.

— Il serait néanmoins plus sage d'en informer votre frère. Si ce que l'on vous a dit est vrai, on ne sait jamais ce qui peut arriver, murmura Pauline.

L'idée que Maxime devienne le jouet d'une femme comme Natacha était insupportable à Pauline. Il risquait de tomber dans un piège, d'être éclaboussé par un scandale ou, pis encore, d'être accusé de trahison par ses compatriotes.

Elle se rappelait ce que son père lui avait souvent répété : un diplomate ne peut se permettre aucune indiscrétion, même apparemment sans conséquences. De plus, quelle faute impardonnable de la part du prince que d'entretenir des relations intimes avec une femme susceptible de lui extorquer des informations sans qu'il le soupçonne !

Des renseignements qui seraient sans doute utilisés par la Troisième Section, cette police secrète, mystérieuse et effrayante.

Dans le secret de son cœur, Pauline fit une courte et ardente prière pour que Maxime ne soit pas victime de sa propre légèreté.

Après avoir souhaité bonne nuit à la princesse et regagné sa chambre, Pauline s'était étendue sur son lit, obsédée par l'image de l'éblouissante Natacha : le genre de femme qui devait plaire au prince.

Elle se disait que, comparée à cette créature qui avait, à la fois, la grâce de la gazelle et l'instinct cruel du félin, elle était, elle, d'une totale insignifiance.

Parce qu'elle n'était pas sotte, malgré son inexpérience, Pauline comprenait parfaitement qu'une Natacha, qui ne ressemblait à aucune autre femme, devait, par là même, éveiller l'intérêt des hommes et susciter en eux le désir de la posséder.

Troublante, elle s'enveloppait de mystère. Et, Pauline le pressentait, d'un mystère maléfique et démoniaque. Le prince, lui, était bon, loyal et sincère. Natacha devait lui jouer une comédie subtile, lui faisant croire que ses extravagances même n'étaient que l'expression d'un caractère insouciant de femme futile et, au fond, manquant de jugeote. Il la prenait sans doute pour une grisante et voluptueuse écervelée, ne présentant aucun danger, ni pour sa vie privée, ni pour sa carrière.

Pauline s'alarma :

Il faut que je l'avertisse !

Mais le pouvait-elle ? Si elle le tentait, que se passerait-il ? Maxime estimerait pareille intervention de la dernière impertinence et demanderait assurément à Pauline de quoi elle osait se mêler ! D'ailleurs, le convaincrait-elle ? Certainement pas.

— Mon Dieu, mon Dieu, sauvez-le, je vous en supplie ! pria Pauline dans l'obscurité de sa chambre.

Puis une pensée s'imposa, terrifiante : peut-être Natacha représentait-elle pour Maxime ce que Marie-Céleste, la Française, avait représenté pour le grand-duc Alexandre ?

Une voix en Pauline hurla : Non, non !... Et, soudain, les larmes l'étouffèrent.

Le lendemain, la plus grande confusion régnait au palais : la Cour partait pour Tsarskoïé Sélo.

Dès le réveil de la princesse et de Pauline, leur appartement fut envahi par une escouade de domestiques qui préparaient les bagages, bavardaient entre elles, venaient prendre les ordres.

On traînait de grandes malles de cuir dans les couloirs aussitôt qu'elles étaient remplies. Des discussions sans fin commencèrent au sujet des vêtements qu'allaient porter les deux jeunes filles pour le voyage.

Quand, enfin, elles descendirent, ce fut pour constater qu'en bas régnait le même vacarme qu'au premier étage. Ce qui pouvait paraître surprenant quand on savait que le tsar et la tsarine allaient régulièrement de leur Palais d'Hiver à leur Palais d'Été, ceux-ci n'étant d'ailleurs qu'à une heure et demie de route.

Pauline fut enchantée d'apprendre qu'elles voyageraient en calèche découverte et que le grand-duc les accompagnerait.

Placée le dos à l'attelage, elle pouvait contempler à loisir les campagnes traversées. Un pays immense et plat, sans autre intérêt que les immenses vergers dont les arbres en fleurs apportaient une note joyeuse et colorée.

Elle ne put s'empêcher de noter que les gens croisés par le cortège étaient vêtus de haillons sales. Cela formait un contraste pour le moins frappant avec les brillantes calèches aux chevaux richement harnachés, escortées d'hommes en livrées rutilantes, occupées par des messieurs vêtus d'uniformes galonnés d'or et des dames coiffées de chapeaux garnis de plumes d'autruche.

Durant tout le voyage, le grand-duc Alexandre s'entretint avec sa fiancée et Pauline s'efforça de ne pas écouter les propos qu'ils échangeaient. Elle tournait son visage vers le paysage afin de leur laisser l'impression d'être seuls.

Elle ne pouvait s'empêcher de penser à cette Française dont le grand-duc avait été l'amant pendant des années... Qu'adviendrait-il si Margarita apprenait qu'ils avaient eu un fils ? Ne refuserait-elle pas, au dernier moment, de l'épouser ?

Mais il était vain de le redouter puisque Margarita ne pourrait plus reculer. C'était la volonté du tsar et celle de son père... Elle n'était qu'une marionnette manipulée dans l'intérêt du duché d'Altauss qui avait tout à gagner en attirant sur lui les bienfaits et la générosité de Sa Majesté Impériale.

La raison d'État ! Il fallait s'y résoudre. Pauline était néanmoins désolée à l'idée que le cœur de Margarita soit ainsi considéré comme un simple élément dans de froids calculs diplomatiques. La jeune fille se sentait impuissante, hélas ! Il lui fallait seulement veiller à ce que la jeune princesse restât dans l'ignorance d'une situation que le prince Maxime considérait comme un enfantillage, quoiqu'elle risquât de la blesser cruellement.

Tsarskoïé Sélo était une résidence magnifique, entourée de jardins éclatant de couleurs.

Aussitôt arrivés, les nouveaux hôtes furent informés qu'il y avait en ce moment même une réception au Palais d'Été, à laquelle assistait le prince Maxime.

Parcourant du regard la liste que leur avait tendue un secrétaire, Pauline nota avec plaisir que le nom de Natacha ne s'y trouvait pas. L'angoisse sourde qui avait alourdi son cœur se dissipa ; tout lui parut soudain clair et lumineux. Le soleil lui-même sembla briller avec plus d'éclat sur le palais devenu plus accueillant.

Alors qu'avec la princesse elles atteignaient les appartements ravissants qui leur étaient réservés, elle ne put se retenir de lui annoncer la bonne nouvelle :

— La princesse Natacha n'est pas ici. Vous allez pouvoir jouir de la présence de votre frère plus complètement que si elle comptait parmi les invités.

— Oh, quelle chance ! Quand cette femme obsédante n'est pas là pour l'accaparer, vous ne pouvez imaginer combien Maxime peut être spirituel et drôle !

En une pirouette, Margarita enlevait sa cape de voyage.

— Je suis heureuse, Pauline. Alexandre m'a dit des choses charmantes pendant le trajet. Et vous avez vu comme il tenait ma main dans la sienne.

Pauline eut un sourire attendri.

— J'ai vu...

— Il m'aime, il m'aime pour moi-même... Et je suis sûre que, moi aussi, je commence à l'aimer.

— Ma chérie, j'en serais heureuse !

Margarita soupira :

— Bien sûr, je ne pensais pas me marier si vite. Mais Alexandre m'a dit qu'il me laisserait toute liberté pour arranger son palais selon mes désirs et mes goûts. Je pourrai organiser notre vie comme je l'entendrai : c'est-à-dire dîner à des heures raisonnables, et ne pas me coucher en fin d'après-midi pour me rhabiller dans la soirée.

Elles éclatèrent de rire.

— Vous ferez du grand-duc ce que vous voudrez, j'en suis certaine. Vous êtes tellement adorable ! affirma Pauline.

— En tout cas, je me souviendrai de ce que m'a appris père : On attire les mouches avec du miel, pas avec du vinaigre.

Pauline s'en souvenait aussi car elle était présente. Margarita avait un jour vertement tancé l'une de ses servantes, allant jusqu'à menacer de la gifler parce qu'elle avait commis une sottise. Le grand-duc d'Altauss l'avait entendue.

Il avait convoqué les deux jeunes filles dans son bureau pour leur faire la leçon, sans rudesse, avec la délicatesse qui le caractérisait :

— Les femmes qui ont du charme et de la grâce doivent se servir de ces seules armes pour obtenir ce qu'elles désirent. C'est plus facile et plus efficace que toute autre méthode. Souvenez-vous-en, l'une et l'autre !

Pauline ayant rapporté cette scène à son père, Sir Christopher s'était écrié :

— Il ne t'a rien appris, je suppose !... Tu savais déjà cela par l'exemple de ta mère. Elle pouvait obtenir n'importe quoi. Elle faisait ce qu'elle voulait des gens, hommes, femmes ou enfants, en usant simplement de son charme.

— J'essaierai d'en faire autant...

— Mais tu y parviens déjà, ma douce chérie. Il m'est très difficile de te dire non quand tu me demandes une faveur.

Pauline était tranquille en ce qui concernait Margarita : elle était si jolie, avec sa petite moue enfantine, si attendrissante lorsqu'elle demandait quelque chose, que le grand-duc n'y résisterait pas.

— Une question se glissa cependant insidieuse-ment dans l'esprit de Pauline : comment Marie-Céleste s'y prenait-elle pour obtenir ce qu'elle dési-rait d'Alexandre ? Et Natacha, lorsqu'elle était seule avec Maxime ?

Elle secoua la tête : cela devenait une obsession ! Il fallait d'urgence parler d'autre chose.

Se forçant à l'entrain, elle raconta à Margarita comment, la veille, elle avait été assaillie par ses danseurs de compliments grandiloquents et exces-sifs, et fit un parallèle entre la façon de s'exprimer des Russes et le style extravagant de leurs palais et de leurs jardins. Avec leur façon de vivre, aussi, et de se déplacer... Leur départ du Palais d'Hiver l'avait si fortement impressionnée qu'elle en était encore ébahie.

Margarita haussa les épaules.

— Le tsar est richissime. Cette armée de domes-tiques, tout ce branle-bas, ne risquent pas d'écor-ner sa fortune...

— Mais les gens qui ont croisé notre cortège, sur la route, étaient si misérables !

La princesse regarda sa compagne comme si elle ne voyait pas le rapport entre les deux choses. Et Pauline constata qu'il serait inutile, et même mala-droit, de lui faire prendre conscience de ce rap-port, qui l'avait, elle, si rudement choquée dès son arrivée en Russie.

La princesse était destinée à vivre désormais dans ce pays. Il était préférable qu'elle ne fût pas quotidiennement confrontée, même en imagina-tion, à la souffrance de ce peuple affamé et transi par les rigueurs de l'hiver alors que son propre palais regorgerait de victuailles et de richesses.

Pauline pensait que, s'il lui était donné de vivre ici, elle supporterait mal cette situation : elle en souffrirait au point de désirer fuir n'importe où pour ne plus sentir pareille misère trop proche d'un luxe insolent et cruel.

Pourtant, elle savait que, pour la plupart des gens, la grandeur et l'opulence de la cour de Russie en faisaient un lieu de séjour paradisiaque. Peut-être Maxime, lui-même, lorsque, à la mort de son père, il rentrerait à Altauss pour y régner... peut-être trouverait-il sa petite patrie bien triste, morne et ennuyeuse, en comparaison de ce qu'il aurait vécu au pays du tsar.

Pauline n'y avait pas songé auparavant, mais elle se demandait à présent si le grand-duc d'Altauss n'avait pas commis une faute en permettant au prince héritier de quitter son pays d'origine pour devenir un personnage important dans l'armée russe, et l'un des favoris du tsar.

Cela risquait de flatter son orgueil, d'avoir fait de lui l'un de ces monstres qui estiment que tout leur est dû de par leur naissance ou leur valeur. Le peuple dont ils disposent à leur gré, corps et âme, comme d'un troupeau, peut mourir de faim ou être vêtu de haillons, cela n'a aucune importance !

Cependant, pour elle, cela en avait ! Et même beaucoup ! C'était injuste, c'était odieux, c'était ignoble !

Elle s'interrogea pour savoir si elle devait faire part de ses sentiments à ce sujet au prince Maxime et conclut qu'elle n'en avait pas le droit. Elle n'était pas en situation de se le permettre. Son rang inférieur ne l'y autorisait pas.

Mais son sang se révoltait. Sa famille avait toujours considéré comme de son devoir d'assurer le bien-être de ceux qui vivaient dans sa dépendance.

Elle se souvenait du soin qu'avait pris son père, avant de quitter l'Angleterre pour assurer à l'étranger sa carrière de diplomate, pour que l'on veillât en son nom sur les vieilles personnes qui l'avaient servi après avoir servi son propre père.

Il ne possédait qu'un petit domaine dans le Buckinghamshire, mais le manoir appartenait à la famille Handley depuis trois cents ans. La mère de Pauline l'avait aimé et, à cause de cela, Pauline l'aimait aussi. La carrière de Sir Christopher l'en tenait souvent éloigné mais ce serait son refuge lorsqu'il se retirerait. C'est là qu'il viendrait vieillir et mourir.

Pauline avait quant à elle connu bien d'autres maisons, celle-là seule pourtant méritait le nom de maison. C'était « sa » maison...

Ni elle ni son père ne laisseraient jamais ceux qui vivaient sur leurs terres souffrir comme souffrait le peuple russe.

Pauline admirait néanmoins certains aspects de la Russie, même si, peu à peu, elle en arrivait à haïr les coutumes barbares qui dénonçaient la tyrannie du tsar. Un si grand pays, cette Russie ! L'Angleterre paraissait bien petite, en comparaison !

Et Altauss ?... Pauline sourit d'attendrissement en l'évoquant : Altauss, une minuscule patrie, heureuse, fraternelle, tout enveloppée de soleil...

Elle imagina son père tel qu'il était peut-être en cet instant : à cheval, traversant le parc pour se rendre au palais ; ou parcourant les bois à pied, son fusil à l'épaule ; ou assis, en train de lire dans un confortable fauteuil de la Légation ; ou au jardin, arpentant les allées à pas lents et tranquilles...

Voilà la vie qu'elle désirait pour elle-même, simple et douce.

Pauline leva les yeux. Face à elle, à travers la fenêtre, elle pouvait voir un jet d'eau, les statues monumentales de la terrasse, incrustées de feuilles d'or, et le jardin orné de fleurs exotiques rares.

Paysage splendide, mais totalement artificiel. Elle imagina un jardin anglais avec sa pelouse, le jardin d'Altauss avec ses modestes rosiers, et elle comprit que, bientôt, elle allait en avoir une telle nostalgie que le séjour en Russie lui deviendrait intolérable.

Dans le même temps, une vision s'interposa entre elle et ses chers souvenirs : celle du prince Maxime tel qu'elle l'avait vu la dernière fois, son regard se posant sur elle dans un rayon de la lune artificielle qui filtrait ce soir-là au travers de la tonnelle fleurie et embaumée.

Quelque chose d'informulé, d'indicible, était alors passé entre eux. Ç'avait été comme un signe silencieux, comme une musique lointaine venue d'un lieu aussi inaccessible qu'une planète...

Pauline soupira : elle ne devait pas rêver. Ce qui est hors d'atteinte est folie : *Il* est destiné à régner, et *il* n'épousera qu'une princesse, de sang royal, choisie par le tsar de toutes les Russies... se répétat-elle avec autant d'amertume que de fermeté.

5

Pauline arpentait les allées du jardin. Elle se sentait seule. Elle s'était glissée hors du palais, sachant que personne ne la demanderait. L'abondance des fleurs qui s'épanouissaient sous le soleil lui donnait à nouveau la nostalgie d'Altauss... Elle aurait voulu avoir le courage de suggérer ellemême son retour là-bas, car il était évident que sa mission auprès de la princesse touchait à sa fin.

Le lendemain de leur arrivée à Tsarskoïé Sélo, les trois sœurs du grand-duc Alexandre l'avaient à leur tour rejoint et elles s'étaient emparées de Margarita avec un enthousiasme qui l'avait, elle, Pauline, totalement éclipsée et pratiquement séparée de sa compagne.

Elles étaient toutes trois vives, charmantes et très jeunes. Le futur mariage de leur frère les enchantait et elles étaient sûrement soulagées de le savoir délivré de cette Française à laquelle il était resté attaché trop longtemps.

Margarita, toujours sensible à la gentillesse et à l'affection qu'on lui témoignait, devenait de jour en jour plus éprise de son fiancé. Elle trouvait ses sœurs adorables.

— J'ai de la chance, avait-elle dit à Pauline, d'avoir d'aussi mignonnes belles-sœurs ! J'ai toujours eu peur que la famille de l'homme que j'épouserais ne me rejette, comme si je lui volais un de ses membres. Surtout les femmes : je craignais par-dessus tout leur jalousie...

Ce n'était certes pas le cas ! Les trois jeunes filles l'avaient convaincue que non seulement elles approuvaient son mariage, mais qu'elles-mêmes et toute la famille étaient ravies de voir Alexandre se décider enfin à prendre femme.

Elles lui avaient apporté en présents de magnifiques bijoux que Margarita ne se lassait d'admirer, même lorsqu'elle n'était qu'en la seule compagnie de Pauline. Notamment une parure ornée de saphirs dont le diadème avait la taille d'une couronne, et un collier de diamants, un cadeau royal !

— Je n'aurais jamais imaginé, avait avoué Margarita d'une voix un peu voilée d'émotion, qu'il me serait donné un jour de posséder d'aussi fabuleux bijoux.

Pauline était convaincue que Margarita était exactement la femme que les Vladirvitch avaient désirée pour perpétuer leur dynastie. Et leur gratitude, leur soulagement, ne pouvaient s'exprimer autrement que par ces dons fastueux qui laissaient présager aux yeux de la Cour que Margarita serait un personnage important.

Outre les joyaux, la famille lui avait offert une cape de zibeline aussi somptueuse que celle de la tsarine elle-même, assortie d'autres fourrures qui lui seraient nécessaires lorsque le vent de Sibérie amènerait sur Saint-Pétersbourg le froid glacial qui vous gelait la buée sur les lèvres.

Quand on le racontait à Pauline, elle se disait qu'à pareille époque elle serait déjà, elle, depuis longtemps retournée à Altauss, puisque son rôle de dame d'honneur était pratiquement terminé.

Le matin même, alors que les deux jeunes filles achevaient de déjeuner, un courrier rapide avait apporté une lettre à Margarita, dans son boudoir.

L'ayant ouverte, la princesse avait commencé à la lire avec un sourire ravi : une missive du grand-duc Alexandre !

Soudain, elle poussa un cri qui fit sursauter Pauline :

— Qu'y a-t-il ?

— Merveilleux, fantastique !... Alexandre a une nouvelle mission. Devinez laquelle ?

— Comment le saurais-je ?

— Il va à Odessa, comme député-gouverneur du prince Voronzov. Peut-on imaginer quelque chose de plus magnifique ? Nous allons pouvoir quitter la Cour... et Saint-Pétersbourg ! Nous allons pouvoir, comme l'espérait Alexandre, être seuls, seuls tous les deux !

Sa voix tremblait de joie.

Pauline comprit que, de la part du tsar, c'était habile d'envoyer le jeune couple loin des commérages et des bavardages de quelques envieux et dépités ; personne ne pourrait plus chercher à détruire son bonheur en jetant le trouble dans le cœur de Margarita.

Le prince Voronzov était vice-roi d'une nouvelle colonie russe, dans l'extrême sud du pays. La tâche déjà accomplie lui avait valu les louanges de la Russie, et même celles de l'Europe entière.

Il avait ouvert les échanges commerciaux à Odessa, bâti des ports, des écoles et des hôpitaux, levé un corps d'aristocrates pour administrer le pays.

Sur la mer Noire circulaient, grâce à lui, des navires à vapeur. Un certain nombre de viticulteurs français étaient allés là-bas, à sa demande, pour superviser la culture des vignes de Crimée afin d'obtenir dans cette province un vin de qualité.

Sir Christopher avait maintes fois parlé à Pauline de ces réalisations qui allaient faire la prospérité de la Russie méridionale. Aussi est-ce avec la plus parfaite sincérité que celle-ci affirma à Margarita :

— Bravo ! Je suis sûre que vous allez être très heureux là-bas, tous les deux.

Après une hésitation, elle ajouta :

— Il ne sera sans doute pas nécessaire que... que je vous y accompagne ?

— Ah ! si !... protesta la princesse. Tu dois venir !

Elle avait lancé cela tout en continuant à lire avec avidité la lettre du grand-duc. Il parut à Pauline que ce n'avait été qu'un réflexe de politesse, où ne perçait aucune conviction.

Sans doute Margarita n'insisterait-elle pas si Pauline lui avouait qu'elle-même préférait retourner à Altauss...

Mais Margarita n'était pas maîtresse de ses décisions : les plans du tsar ne pourraient être discutés et, s'il avait décidé qu'elle devait emmener Pauline à Odessa, elle serait contrainte de la suivre.

Le grand-duc Alexandre était déjà à Saint-Pétersbourg. Le lendemain, Margarita, aux côtés du tsar, accompagnée par son père, le grand-duc Louis d'Altauss, et peut-être par quelque autre membre de la famille impériale, se rendrait à la cathédrale où aurait lieu le mariage.

Les sœurs d'Alexandre seraient ses trois demoiselles d'honneur. Sans aucun doute, le service religieux durerait très longtemps, avec le couronnement de la nouvelle épousée. La couronne passerait entre les mains des jeunes nobles selon une hiérarchie bien établie, avant que l'officiant ne la pose solennellement sur le front de Margarita.

Puis il y aurait une réception fastueuse et spectaculaire au Palais d'Hiver.

Après cette réception, le jeune couple devait se rendre dans un palais situé hors de la ville, où il ne resterait que deux jours avant d'entreprendre le long voyage pour Odessa.

Pauline n'avait pas simplement conscience de sa propre inutilité. Elle comprenait avec lucidité qu'elle avait envie de fuir très loin de là. Et surtout très loin de...

Elle bloqua sa pensée, ferma les yeux. Pourquoi se leurrer, se refuser à voir la vérité ? Elle en avait honte ? Oui... Honte de ses sentiments et, en même temps, elle n'avait nulle envie de les arracher de son cœur. Elle ne le pourrait pas, d'ailleurs...

Alors, pourquoi ne pas aller à Odessa, après tout ? C'était très loin, justement... Oui, très, très loin ! A Altauss elle se sentirait chez elle, heureuse à nouveau, auprès de son père... Heureuse ? Certainement pas. Rien ne serait plus comme avant ! Altauss était aussi la patrie de Maxime, celle de « son » peuple. Un jour il en serait le souverain.

A Altauss, naguère, Pauline courait dans la verte campagne, le vent faisant flotter ses cheveux. Les fleurs, dans les champs, semblaient lui sourire, lui faisant l'offrande de leur haleine embaumée dans le crépuscule du soir. Car c'est le soir que les fleurs exhalent leur parfum...

Pauline murmura : Si seulement je pouvais prendre l'avis de quelqu'un, qui m'aiderait...

A cet instant, elle entendit un pas derrière elle. Elle tourna la tête, s'attendant à voir paraître un jardinier ou un messager envoyé à sa recherche pour la prier de rentrer au palais.

La surprise la figea. Traversant les parterres fleuris, plus élégant et séduisant que jamais dans son uniforme écarlate, s'avançait le prince Maxime.

Pauline n'avait pas conscience du ravissant tableau qu'elle formait dans sa simple robe de mousseline blanche ceinturée de blanc, immobile devant une cascade qui, en heurtant les rochers, formait autour d'elle un halo de gouttelettes irisées.

Son cœur, qui s'était arrêté de battre pendant une fraction de seconde, martelait maintenant sa poitrine à grands coups.

Maxime l'avait rejointe et se tenait debout, non loin d'elle qui baissait les yeux, incapable d'affronter son regard.

— Je vous ai vue quitter le palais et j'ai pensé que je vous trouverais ici, commença-t-il.

— Je suis venue ici pour... pour réfléchir !

— Je comprends. J'ai bien pensé que vous seriez bouleversée en entendant le tsar exposer ses plans au sujet de Margarita et de son mari.

— Oh ! mais... je trouve que, pour eux, ces projets sont magnifiques.

Elle se demandait pourquoi elle avait du mal à ouvrir la bouche, pourquoi chaque mot était si difficile à prononcer.

— Je suis de votre avis. Mais, pour vous-même, qu'est-ce que cela signifie ? continua le prince.

Encore une fois il semblait deviner ses sentiments et ses pensées. Pourtant, il lui fallait répondre :

— Votre famille s'est... toujours montrée envers moi si généreuse, si amicale, que je... Pourtant... je préférerais retourner à la maison et ne pas accompagner Margarita à Odessa ! lança Pauline.

— L'avez-vous dit à ma sœur ?

— J'y ai fait allusion lorsqu'elle a reçu la lettre du grand-duc. Mais elle était si heureuse à la pensée de partir d'ici avec son mari, après leurs noces, que... qu'elle n'a guère prêté attention à ce que je lui disais.

Maxime ne reprit la parole qu'après un long silence :

— Que vous rentriez à Altauss ou que vous vous rendiez à Odessa, de toute façon, je vous perdrai ! déclara-t-il.

Cette fois, elle osa le regarder en face ; elle était stupéfaite. Elle avait mal entendu !

Il avait avancé de quelques pas tandis qu'elle baissait les yeux et il était maintenant plus près d'elle, tout près d'elle... Comme subjuguée, elle ne parvenait plus à détourner les yeux des siens. Cela dura quelques secondes.

Maxime, enfin, murmura :

— Vous savez ce que j'éprouve pour vous, Pauline. Que puis-je dire de plus, que puis-je faire ?

Sa voix était altérée par l'émotion. Pauline eut envie de lui tendre les mains, de les serrer entre les siennes. Mais elle resta immobile, figée, incapable de surmonter le tremblement qui s'était emparé de son corps.

Maxime expliquait :

— J'ai essayé de lutter, mais c'est plus fort que moi. Dès l'instant où le désir m'a pris de vous rejoindre ici, j'ai été incapable de résister... Vous m'attirez comme un aimant et je n'ai pas l'énergie de me libérer de cette force.

— Je vous en prie... je... vous en supplie ! balbutia Pauline. Je vous comprends, mais... ne dites plus rien. Il ne faut pas !

— Pourquoi ? Je n'ai peur de rien, ni de personne. La seule chose que je redoute est de vous offenser.

— Vous ne m'offenseriez pas. Mais vous devez comprendre qu'il serait mal que nous nous revoyions.

Ces mots, Pauline devait les dire, même s'ils la torturaient. Elle ressentait en elle l'étrange vibration qu'avait provoquée leur première rencontre, mais amplifiée, d'une intensité presque douloureuse, et d'une telle puissance ! Maxime n'avait pas bougé, elle avait pourtant l'impression qu'il la touchait...

— Je vous aime, avoua-t-il dans un souffle. Je vous ai aimée dès que je vous ai vue. Je n'imaginais pas qu'une femme pût être à la fois si belle, si jeune et si pure.

Sa voix fit frissonner Pauline. Elle baissa son regard sur ses mains qu'elle tenait si serrées que les jointures en étaient blêmes.

— Je vous aime ! répéta le prince, je vous aime ! Et je vous jure, sur ce que j'ai de plus sacré et de plus cher, que je n'ai encore jamais dit cela à aucune femme avant vous.

Ces mots étaient trop merveilleux à entendre pour que Pauline pût résister.

— Est-ce donc vrai ? demanda-t-elle.

— Vous le savez ! Il nous a été permis de lire chacun dans la pensée de l'autre parce que nous sommes infiniment proches, parce que nous sommes un seul être... Vous êtes la part de moi-même que j'aurais cherchée toute ma vie si je ne vous avais trouvée ici.

Pauline aurait voulu pouvoir lui dire qu'il était son idéal même, qu'il réunissait tout ce qu'elle avait rêvé de trouver chez un homme : force, virilité, bravoure, et en même temps douceur, compréhension et respect. Aucun son ne sortait de ses lèvres. Elle ne pouvait que rester là, droite, luttant contre elle-même pour ne pas prononcer les paroles que, justement, il eût voulu entendre.

Maxime finit par lancer, presque durement :

— Il faut que je rejoigne mon régiment ! Ce ne sera qu'en me battant, en me précipitant sans répit dans la violence que je parviendrai peut-être à vous oublier !

Un cri lui échappa :

— Ne soyez pas téméraire, je vous en prie ! Ne risquez pas votre vie... Si quelque chose vous arrivait...

En un élan, elle l'avait regardé en face. Une lueur éclaira le visage de Maxime et, aussitôt, elle baissa à nouveau la tête.

— Si quelque chose m'arrivait... répéta-t-il... Eh bien, qu'éprouveriez-vous ?

Elle se taisait. Il insista :

— Dites-le-moi ! J'ai besoin de le savoir !

Comme elle s'obstinait, bouche close, il fit un pas de plus vers elle.

— Dites-le !

Cette fois, il ordonnait. Ce fut comme si, en elle, un ressort se cassait.

— Alors... je souhaiterais mourir aussi, avoua-t-elle dans un murmure.

— Ma chérie, ma douce !

Il l'avait prise dans ses bras et la serrait contre lui. Elle laissa aller sa tête contre son épaule. Un long moment ils restèrent ainsi, muets et enlacés.

Puis, comme s'il ne pouvait plus retenir ce qui l'étouffait, il avoua, les dents serrées :

— Je vous aime ! Oh ! Dieu... je vous aime !

Il lui souleva le menton et la contempla intensément, longuement, comme s'il voulait graver à jamais ses traits dans sa mémoire. Puis, l'étreignant plus fort, il inclina la tête.

Et leurs lèvres se joignirent.

Ce fut un baiser délicat, tendre et doux, le baiser d'un homme à la femme qui, pour lui, est sacrée et qu'avant toute chose il respecte. Mais comme Pauline répondait à ce baiser, il devint plus exigeant.

Pour Pauline, un rêve était en train de s'accomplir. Cette minute, elle l'avait tant désirée ! Depuis qu'elle était arrivée en Russie, son amour pour Maxime n'avait cessé de croître, heure après heure, minute après minute.

En cet instant, il réveillait en elle l'extase paisible ressentie devant la beauté : celle des fleurs, celle du soleil. Pendant cette étreinte, la joie de vivre comblait ses sens, comme une symphonie du bonheur.

Il la serrait de plus en plus fort, leurs deux corps se fondaient. Une onde mystérieuse et enivrante se propageait en elle. Elle sut que, désormais, le prince n'était pas simplement le maître de son cœur mais aussi celui de son âme.

Lorsque le baiser qu'ils échangeaient brûla ses lèvres comme une flamme ardente, Pauline recula pour blottir son visage contre le cou de Maxime.

— Mon trésor, mon beau petit amour, balbutiait-il, éperdu. Pardonnez-moi, mais je ne peux pas plus m'empêcher de vous embrasser que je ne le pourrais de respirer ! Je vous adore...

— Et moi, je vous aime... de tout mon être !

D'une voix cassée, il murmura :

— Oh ! mon Dieu, pourquoi faut-il que cela nous arrive à nous ?

Pauline ne put supporter cette plainte : elle ne voulait pas qu'il souffre à cause d'elle.

— Vous êtes si merveilleux, si noble... que nous ne devons avoir aucun regret, quoi qu'il arrive ! affirma-t-elle.

Après la révélation de leur amour, elle savait maintenant que, lorsqu'ils devraient se séparer, elle souhaiterait mourir. Vivre sans lui ne lui serait plus possible.

— Vous êtes à moi, à moi, à moi, Pauline ! continuait Maxime... C'est Dieu qui vous a donnée à moi, qui m'a donné à vous. Dieu lui-même ! Et qu'est-ce qui nous sépare ? Une épée... ou plutôt une couronne.

— Je sais ! Mais je vous serai toujours reconnaissante de m'avoir aimée... et aucun homme, jamais, ne représentera pour moi ce que vous représentez aujourd'hui.

Le prince soupira :

— Ne dites pas cela... Il faut que vous retourniez à Altauss et que vous épousiez quelqu'un qui con vienne à votre rang, un homme de valeur et qui veillera sur vous comme je l'aurais fait moi-même...

Pauline secoua la tête.

— Non ! Si bon, si respectable, si riche soit-il, je n'épouserai jamais un autre homme. Comment le pourrais-je, alors que je ne cesserais de vous aimer ?

— Ma douce, ma délicieuse petite fleur, il ne faut pas parler ainsi. Après le mariage de ma sœur, je partirai et nous ne nous reverrons plus. Alors, vous m'oublierez... fatalement, vous m'oublierez !

— Et vous ? M'oublierez-vous aussi ?

Les traits de Maxime se crispèrent de souffrance.

— J'essaierai. Mais je sais que ce me sera impossible.

Il esquissa un geste de rage douloureuse.

— Que m'avez-vous fait, Pauline ? Où que mon regard se pose, c'est votre visage que je vois. Chaque voix que j'entends est la vôtre. La nuit, je reste éveillée, et, les yeux ouverts, je contemple les étoiles parce qu'elles me parlent de vous.

— Moi aussi, je les regarde. Nous savons l'un et l'autre qu'elles sont à jamais hors d'atteinte et, cependant, nous nous rejoignons à travers elles...

— Que faire ? gémit le prince. Que puis-je faire ?

Leur union était si totale que même leurs pensées semblaient se mêler, se confondre. Pauline sut qu'en posant cette question, Maxime pensait à Marie-Céleste, la Française qui avait pendant si longtemps vécu avec le grand-duc Alexandre. Et elle répondit :

— Je n'ai pas le droit de désespérer mon père.

Soudain blessé, Maxime protesta presque avec violence :

— Comment pouvez-vous imaginer que j'exigerais de vous un acte indigne de nous ? Je vous aime parce que vous êtes pour moi une créature idéale. En aucun cas, je n'attenterai à cette perfection... Je n'ai que le droit de vous embrasser, avec ferveur, avec respect. Et pourtant, ces baisers que nous échangeons me poursuivront ma vie durant... C'est la première fois que les lèvres d'un homme auront touché vos lèvres. Je donnerai ce qui pour moi importe le plus au monde, mon bras droit, celui qui tient l'épée, pour être sûr que ce sera aussi la dernière.

— Je ne veux pas qu'un autre que vous m'embrasse ! C'était trop merveilleux pour n'être pas unique.

Maxime devint grave :

— Je suis en train de ruiner votre vie et je n'ai pas la moindre excuse, puisque je connais l'étendue de ma faute. Étant beaucoup plus âgé que vous, enfant adorable, j'aurais dû garder le contrôle de moi-même... commença-t-il.

Et après un silence, il acheva :

— Sans le mariage de Margarita, il y a deux jours que je serais reparti. Mais j'aurais dû, au moins, ne pas accourir sous n'importe quel prétexte, à Tsarskoïé Sélo !

— Ne vous blâmez pas. Je suis aussi responsable que vous, puisque je vous appelais de tout mon être.

— Oh ! ma chérie, j'ai senti votre appel... Il y avait entre nous ce magnétisme puissant, irrésistible ; nous en avons été victimes, plus que nous n'en sommes coupables.

A nouveau, Maxime plongeait son regard dans celui de Pauline, et elle y lut le désespoir. Il disait encore :

— Pendant le trajet que j'ai dû parcourir pour venir ici, je vous entendais m'appeler. Je vous imaginais m'attendant. Vous êtes le seul bien que j'aie désiré, cherché, pour lui consacrer ma vie entière !

La tête sur l'épaule du prince, Pauline murmura :

— J'ai l'impression que nous rêvons ensemble...

— Si ce n'était qu'un rêve, tout serait plus facile. Mais nous sommes éveillés et nous allons vivre, désormais, chacun de notre côté, l'un sans l'autre, rappela Maxime.

Sa bouche effleurait les cheveux de la jeune fille.

— Au fond de mon cœur, j'avais toujours cru que la chance d'un homme ne pouvait être que de trouver la femme qui serait l'autre partie de lui-même. Et, en même temps, mon esprit, plus cynique, m'affirmait que cela n'existait que dans les contes, et que, pour ma part, je n'aurais jamais ce bonheur.

Ses lèvres étaient doucement descendues des cheveux au front de Pauline où elles se posèrent.

— Vous êtes cette autre part de moi-même. Je l'ai senti dès que vous m'êtes apparue. Vous avez tout ce que j'aime et que je ne pensais pas trouver en une seule femme : sensibilité, douceur, générosité, droiture. Avec, en plus, une émouvante beauté.

— Comment aurais-je supposé qu'ayant la princesse Natacha à vos côtés vous vous apercevriez que j'existais... dit Pauline.

Le prince laissa échapper un rire sans gaieté.

— Dans la vie d'un homme, il y a toujours une Natacha. C'est la personnification de la tentation de saint Antoine : un appel, l'exaltation de ce qu'il y a de plus physique et de plus matériel dans l'homme. Mais ni l'âme ni le cœur n'y répondent.

Il avait mis son index sous le menton de Pauline et l'obligeait à lever la tête pour le regarder. Les traits altérés, il poursuivit avec tendresse :

— Vous, ma chérie, vous êtes tout le contraire. Vous savez émouvoir et le cœur et l'âme, et la chair. Vous inspirez l'envie de contempler le ciel, de gravir des montagnes, de gagner de nouveaux horizons et, au-delà, de découvrir le paradis.

Son visage était grave. Pauline sentit qu'il la guidait vers une réalité sublime, comme s'ils étaient en cet instant dans une église invisible, prêts à recevoir ensemble un sacrement.

— J'ai souvent prié moi-même pour que celui que j'aimerais me conduise sur un tel chemin.

— C'est vous qui m'y avez conduit, chère, très chère innocente... C'est pourquoi je vais à présent vous quitter et ne plus croiser votre route avant le mariage de ma sœur. Ce sera la dernière fois que nous nous verrons.

Son expression et sa voix étaient empreintes d'une infinie tristesse. Pauline ne put s'empêcher de protester :

— Non ! Je ne pourrai le supporter ! Je ne suis pas assez forte. Moi, je veux vous voir, vous entendre, être avec vous, vous aimer !

Maxime appuya sa joue contre celle de Pauline. Il lui assura :

— Je penserai à vous, je rêverai de vous, et où que je sois, vous serez à mes côtés. Nous ne nous perdrons pas réellement, parce que nous sommes devenus indivisibles ! Parce que nous ne formons qu'un seul être, mon amour !

— J'éprouve pareille certitude, mais... même si mes prières vous atteignent à travers l'espace, je serai seule... abandonnée, puisque vous ne serez pas auprès de moi ! gémit Pauline.

— Moi aussi... Mais parce que je vous ai connue. Parce que je vous ai trouvée. Parce que vous m'avez donné votre amour, je ne serai plus jamais le même homme : je serai meilleur.

— Si nous devons être séparés dans cette vie, je sens, je sais, qu'un jour, dans mille ans peut-être, nous serons à nouveau réunis ! conclut Pauline pour se donner du courage.

Le prince ne répondit rien. Simplement, il attira Pauline à lui et la tint serrée contre sa poitrine pendant de longues minutes, avant de se pencher à nouveau sur son visage.

— Vous êtes à moi... Vous serez à moi aussi longtemps que les étoiles dureront et que de l'eau coulera sur la terre, dit-il avec force.

Puis il posa ses lèvres sur celles de la jeune fille, mais ce baiser-là ne ressemblait en rien à celui qui les avait transportés d'ivresse : c'était un baiser d'adieu. Pauline le comprit.

Un baiser sans passion, respectueux. Un baiser qui les unissait plus encore. Un baiser qui créait entre eux un lien que nul ne briserait.

Puis, soudain, Maxime s'écarta de Pauline. Avant qu'elle ait pu prononcer un mot — ou le supplier de rester encore — il s'était éloigné et disparaissait dans l'épaisseur d'un massif.

Tremblante, ne voulant pas croire qu'il l'avait réellement quittée, elle tenta de l'appeler, mais sa voix s'étrangla dans sa gorge. La réalité s'imposa : c'était fini... Le choc intérieur qu'en ressentit Pauline la terrassa : elle s'écroula dans l'herbe, à quelques pas de la cascade, et enfouit son visage entre ses mains.

Son corps vibrait encore de la joie éprouvée, et se révoltait contre l'évidence, mais son esprit, plus lucide, l'acceptait comme une inéluctable nécessité.

Lorsqu'elle eut enfin compris que tout espoir était perdu, et bien qu'elle pût maintenant l'apercevoir au-delà des massifs, marchant à grands pas en direction du palais, Pauline se mit à pleurer doucement.

Lentement, les larmes inondaient ses joues, c'était son sang même qui s'évadait de son corps et de son cœur glacés.

Ce ne fut que beaucoup plus tard que Pauline trouva le courage de revenir à pas lents — comme si, tout à coup, elle se sentait très vieille — vers le palais.

Entrée par une porte latérale, elle garda la tête baissée en parcourant les couloirs. Pour la première fois depuis qu'elle était à Tsarskoïé Sélo, elle ne pensait pas à jeter le moindre coup d'œil sur les ravissantes peintures, acquises par Catherine la Grande dans tous les pays d'Europe. Pas plus que sur les meubles précieux ou les tapis et rideaux venus de Perse ou de Samarkand. Elle avait l'impression d'avancer dans un brouillard, couleur de désespoir. La force de l'habitude lui permit seule de suivre son chemin sans s'égarer.

Elle monta l'escalier qui menait aux appartements de Margarita et, en arrivant sur le palier, elle entendit un bruit de voix et de rires. Les sœurs du grand-duc étaient chez la princesse : son absence avait dû passer inaperçue.

Elle alla donc directement chez elle. En y entrant, elle remarqua que les servantes avaient déjà empli sa grande malle de cuir. Tout était prêt pour son départ, le lendemain, et serait ramené avec l'ensemble des bagages vers Saint-Pétersbourg avant, ou après que le cortège nuptial ait quitté le palais.

Deux toilettes avaient été laissées : la robe qu'elle porterait au dîner et le costume de cérémonie prévu pour le mariage princier. Celui-ci était fort simple, comparé aux toilettes fastueuses de la tsarine et des autres dames de la Cour. Il était de satin bleu assorti à la couleur des yeux de Pauline. Mais il lui allait à ravir et, en un éclair, elle imagina que Maxime la trouverait belle. Mais, aussitôt, un pincement au cœur la ramena aux réalités : elle ne devait plus s'autoriser cette sorte de pensées.

Demain, il la verrait pour la dernière fois et ensuite, plus jamais... Pauline se laissa tomber sur son lit. Elle avait envie de crier sa douleur à la perspective de ce qui l'attendait ! Après la cérémonie à la cathédrale, il lui faudrait accompagner Margarita et Alexandre au palais où ils devaient passer leur nuit de noces. Quant à Maxime, il partirait de toute façon pour le Caucase, reprendre le combat qui avait déjà coûté tant de vies et qui était loin d'être terminé...

— Comment pourrai-je le supporter ? se demanda anxieusement Pauline. Mais aucune alternative ne s'offrait à elle.

Il faut que je rentre à la maison ! décida-t-elle.

Se précipitant vers son petit bureau, elle commença fébrilement à rédiger une lettre pour son père où elle le priait de demander qu'on lui permît de le rejoindre.

Mais, dès les premiers mots, elle réfléchit qu'il se passerait du temps avant qu'elle reçoive sa réponse. Comment supporterait-elle de rester patiemment à Odessa, jour après jour, sans savoir exactement ce qui l'attendait ?

Ne pourrait-elle invoquer dès à présent un prétexte pour ne pas accompagner le couple princier en Russie méridionale ? Si elle parvenait à trouver une raison valable, puisqu'elle ne serait plus d'aucune utilité, sans doute lui permettrait-on de rentrer immédiatement à Altauss ? Mais quel long voyage cela représentait ! Que ce soit par mer ou par terre, il était plutôt effrayant de l'entreprendre seule !

Car elle était seule !... Seule !... Le mot la hantait. Sans Maxime, elle était totalement, complètement seule !

Bien qu'entourée de beaucoup de gens, Pauline allait se sentir abandonnée parce qu'il emportait au loin, avec lui, son cœur et son âme, sa raison d'aimer et d'être aimée. Privée de son amour, elle serait désormais incapable d'établir avec quiconque des relations d'amitié. Elle pourrait exister, respirer, parler et sourire, danser et monter à cheval. Les gens croiraient qu'elle vivait encore, qu'elle agissait, mais, en dépit des apparences, elle ne serait plus qu'un fantôme car son être réel demeurerait, invisible, auprès de l'homme qu'elle aimait.

Elle connaissait enfin le véritable amour qu'elle avait si souvent demandé dans ses prières. Elle avait cru que ce serait enfin le bonheur. Et c'était le calvaire !

Quelques instants plus tard, parce que c'était son devoir, Pauline se rafraîchit le visage et se contraignit à rejoindre la princesse dans son boudoir.

Margarita était étendue sur une chaise longue, vêtue d'un ravissant déshabillé choisi dans son trousseau. Près d'elle, les trois sœurs du grand-duc s'amusaient à défaire les cadeaux qui venaient juste d'arriver de Saint-Pétersbourg.

— Un autre confiturier ! s'exclamait l'aînée lorsque Pauline entra. En or... Si vous en recevez encore quelques-uns, vous en aurez assez pour paver votre terrasse.

Des éclats de rire accueillirent cette plaisanterie. Margarita, ayant levé les yeux, aperçut Pauline sur le seuil.

— Je me demandais ce qui vous était arrivé ! s'exclama-t-elle. Entrez, Pauline, venez admirer tout ce que j'ai reçu. La tsarine m'a offert un collier de perles qui me descend jusqu'aux genoux.

Il était, sans aucun doute, impressionnant ! Mais, de l'avis de Pauline, il était beaucoup trop lourd, trop chargé pour convenir à la créature délicate qu'était Margarita.

Il y avait cent autres choses à apprécier, que Pauline admira sans vraiment les examiner. Elle était si préoccupée qu'elle n'entendait même pas ce qui se disait autour d'elle, mais personne ne s'en rendit compte.

Ce ne fut qu'au moment de s'habiller pour le dîner, afin de complaire au tsar, que Pauline se demanda si le prince Maxime y assisterait. Elle avait peur de se retrouver face à lui en public : parviendrait-elle à dissimuler ses sentiments ?

Quand les jeunes filles descendirent, elles ne le virent pas. Le nombre des convives était d'ailleurs restreint, les plus âgés des hôtes du tsar étant déjà partis pour Saint-Pétersbourg.

Le souverain paraissait d'excellente humeur. Il ne cessa de parler de la cérémonie dont il avait lui-même, non seulement décidé l'heure, mais réglé chaque détail, choisissant les prêtres, les prières et les chants, ainsi que la musique.

Ce monarque absolu avait l'œil à tout et s'occupait de tout. Comme Pauline faisait part de cette réflexion, en termes prudents, à son voisin de table, membre du Cabinet du tsar, celui-ci se mit à rire.

— Oui, notre tsar est unique en son genre : il parvient à régler les moindres choses concernant un immense empire. C'est simple : s'il y a une alerte au feu à Saint-Pétersbourg, dès qu'il entend le tocsin il se précipite sur les lieux du sinistre pour diriger la manœuvre des pompiers !

Comme l'homme avait visiblement voulu faire de l'esprit, Pauline rit complaisamment à cette boutade, mais elle pensa que si le tsar l'avait entendue, il aurait certainement considéré la plaisanterie comme une impardonnable insolence.

Après le repas, les dames bavardèrent quelques minutes avec la tsarine, jusqu'à ce que celle-ci s'adressât directement à Margarita :

— Je pense, ma très chère enfant, qu'il serait bon que vous vous retiriez afin d'avoir une bonne et longue nuit bien reposante. Demain, la journée sera magnifique mais assez éprouvante pour vous.

130

Je veux que vous soyez très belle et dans tout votre éclat, pour notre Alexandre bien-aimé.

— J'espère moi aussi, madame, qu'il me trouvera aussi belle que vous avez la bonté de me le dire.

La tsarine sourit presque tendrement.

— Vous serez la plus jolie mariée que la Russie ait vue depuis longtemps. Et je suis sûre que vous vous réjouirez de ce qui a été préparé pour vous à Saint-Pétersbourg.

— Oh! qu'est-ce que c'est? Dites-le-moi!

La tsarine secoua la tête.

— Non, c'est une surprise. Le tsar tient à ce que le secret en soit gardé jusqu'au dernier moment.

— C'est exact! intervint le tsar qui avait surpris cet échange. Je veux que le jour de votre mariage vous laisse un souvenir inoubliable.

— De toute façon, Sire, ce sera le cas.

Ayant souhaité le bonsoir à toute l'assistance, la princesse et Pauline se retirèrent, bien qu'il ne fût que huit heures, et regagnèrent leurs appartements.

Tandis que sa femme de chambre la déshabillait, Margarita ne cessa de bavarder avec une fièvre joyeuse, au sujet de son mariage et du bonheur qu'elle en éprouvait déjà.

Lorsque les deux jeunes filles furent enfin seules, elle s'exclama :

— Oh! Pauline! Comment ai-je pu être assez sotte pour supposer que c'était une disgrâce de venir m'exiler en Russie! C'est merveilleux! C'est le paradis sur terre! Lorsque je serai devenue la femme d'Alexandre, je me sentirai transportée dans l'Eden! Rien de plus magnifique ne pouvait m'arriver!

— Je vous comprends, répondit Pauline, pensant combien elle serait elle-même transportée d'allégresse s'il lui était donné d'épouser Maxime.

Un certain regret avait dû percer dans le ton de son amie car Margarita répliqua avec vivacité :

— Dès que nous serons à Odessa, je vous promets, ma chère Pauline, que je m'emploierai à vous trouver un mari aussi charmant, aussi beau et prestigieux que l'est mon Alexandre ! Si toutefois il existe un homme qui puisse lui être comparé.

Avec un rire taquin, elle ajouta, après un silence :

— Enfin, je ferai l'impossible pour vous en trouver un presque aussi bien que lui ! Je suis si heureuse que je voudrais que tout le monde le soit.

Pauline sourit sans répondre : il n'y avait au monde qu'un homme capable de la rendre heureuse, et il était inutile que la princesse en cherche un autre.

Margarita n'attendait, du reste, aucun remerciement : elle était déjà repartie sur les ailes de son rêve. Il était presque dix heures lorsqu'elle cessa de gazouiller et s'approcha de Pauline pour lui donner le baiser du soir.

Dans sa chambre, Pauline quitta sa robe ; la cameriste la rangea sur le dessus de la malle encore ouverte, et qui attendait. Puis, ayant enfilé un déshabillé, elle décida de terminer, avant de se mettre au lit, la lettre qu'elle avait commencée pour son père.

De retour à Altauss, elle n'aurait plus de comédie à jouer. Si elle était malheureuse, elle n'aurait pas à feindre de ne pas l'être et personne ne lui poserait de questions sur son comportement. Une certaine sérénité, peut-être, l'attendait là-bas.

Assise au petit bureau Louis XV, importé de France, placé devant la fenêtre, Pauline commença à écrire, en caractères élégants, hauts et bien formés. Elle était trop avisée pour expliquer clairement à Sir Christopher ce qu'elle ressentait : aucune correspondance ne devait quitter le palais sans avoir été lue par les espions du tsar.

En termes vagues, Pauline parla donc simplement de son « mal du pays », ajoutant que, pour des raisons dont elle lui ferait part de vive voix, elle le priait de la rappeler à Altauss.

Elle était certaine que Sir Christopher lirait entre les lignes. Peut-être imaginerait-il que sa fille cherchait à échapper à la passion trop exigeante de quelque aristocrate de l'entourage du tsar ? Sans importance. L'essentiel était qu'il fît en sorte d'employer tous les moyens diplomatiques pour que Pauline puisse quitter le service de la princesse Margarita sans provoquer d'incident. Son père était dans son droit en désirant avoir sa fille auprès de lui, nul ne pourrait lui en faire grief.

Pauline souligna la dernière phrase de sa lettre : *Je vous aime, papa ! Vous comprendrez, je n'en doute pas, qu'il me faut revenir auprès de vous au plus tôt.*

Ayant signé, elle glissa sa lettre sous enveloppe. Puis elle l'adressa à la légation de Wildenstadt. Mais elle n'avait pas l'intention de la faire poster sur-le-champ : elle parviendrait plus vite à destination si elle partait à Saint-Pétersbourg le lendemain, plutôt que si elle était confiée au courrier de Tsarskoïé Sélo. De plus, elle serait acheminée vers l'ambassade de Grande-Bretagne par la valise diplomatique et personne n'aurait la possibilité d'en prendre connaissance.

Devant sa lettre cachetée, Pauline hésita encore : avait-elle été assez claire ? Devait-elle ajouter que... Mais non ! Elle n'avait pas le droit de prendre de plus grands risques. S'il advenait que le tsar soit mis au courant, ou qu'il devine ce qui se passait entre elle et Maxime, sa réaction pourrait être dangereuse.

Décidée à ne plus rien changer, elle posa donc sa lettre à côté des gants et du sac qu'elle comptait prendre le lendemain, pour le voyage.

Avant de se mettre au lit, Pauline s'approcha encore une fois de la fenêtre pour voir le jardin. Plus jamais elle ne reviendrait à Tsarskoïe Sélo. Elle voulait graver dans sa mémoire le décor dans lequel Maxime l'avait embrassée et lui avait avoué son amour.

Au seul souvenir de ses lèvres sur les siennes, un frisson la parcourut. Puis une douce chaleur s'insinua en elle, comme celle qu'elle avait ressentie quand il la tenait tendrement serrée contre lui. La chaleur de son corps, la chaleur de leur amour...

Elle ferma les yeux, revivant ces instants, et elle murmura, comme elle l'avait fait alors : Je vous aime ! Je vous aime...

A cet instant, elle entendit dans son dos un léger bruit, comme un déclic. Brusquement, elle se retourna, le cœur battant. L'angoisse l'étreignit.

Sur le seuil d'une porte secrète, ouverte dans le mur de la chambre, le prince Maxime se tenait immobile et la regardait.

6

Après l'avoir quittée dans le jardin, quelques heures plus tôt, le prince avait ordonné qu'on lui sellât un cheval.

En attendant qu'on lui amène sa monture, il avait appelé un aide de camp et l'avait chargé d'informer le tsar qu'il était parti pour une assez longue promenade. Que Sa Majesté veuille bien l'excuser s'il n'était de retour à l'heure exacte du dîner.

La bête qu'on lui avait sellée était un jeune étalon encore très vif mais il ne s'en plaignit pas, au contraire : il avait besoin de dépenser l'énergie qui bouillait en lui et de lutter contre sa propre révolte. Cet animal ombrageux et difficile qu'il allait lui falloir mater l'y aiderait.

Parti en trombe, le prince ne cessa de galoper que lorsque son cheval fut couvert d'écume et qu'il se sentit lui-même fourbu. Mais alors, à l'allure raisonnable qui lui laissait toute latitude de penser, il se sentit assailli par un flot de sentiments où se noyait sa raison.

Comment aurait-il pu imaginer qu'il allait tomber amoureux ainsi, brusquement ! comme il ne l'avait jamais été... comme il ne pensait même pas qu'il fût possible de l'être ! et cela d'une façon irrévocable, définitive, qui excluait qu'un pareil amour pût lui arriver dans l'avenir.

Beaucoup de femmes avaient déjà traversé sa vie. Quelquefois fasciné, Maxime avait même cru être amoureux. Cela n'avait duré qu'un temps ! Dès le début d'une aventure, si souhaitée par lui, si agréable qu'elle fut, il avait d'avance la certitude qu'elle se terminerait et qu'il n'en éprouverait pas grand regret.

La majorité de ses conquêtes se révélaient comme Natacha, avides de passion, de satisfactions purement charnelles, et Maxime eût été plutôt embarrassé de susciter en elles un amour exclusif et sincère. Qu'en eût-il fait ?... Il ne s'était pas posé la question car s'il avait été aimé de la sorte, il n'en avait rien su. Ses maîtresses avaient toujours eu le tact de ne pas s'imposer une fois son désir émoussé. Le tact... ou la dignité ! Pour lui, le résultat avait été le même : elles s'étaient effacées, sans histoires.

Cependant, il était trop sensible, trop idéaliste, pour ne pas croire à l'amour. Il y avait des femmes qui ne recherchaient pas le seul émoi sensuel, mais la profonde union de deux âmes, de deux cœurs, des femmes pour qui l'amour était un sentiment sacré... Certes, l'union des corps venait ensuite, mais elle ne constituait pas l'unique puissance de l'amour.

Maxime croyait fermement à cet amour idéal au temps de son adolescence. Les années passant, il s'était convaincu qu'il s'agissait d'une illusion, d'une vision romantique et d'un mirage. En tout cas, il ne rencontrerait jamais une telle femme parmi ses relations mondaines. Et encore moins une jeune fille !... Il était préférable de continuer à jouir de la vie sans se poser de questions à ce sujet.

Et il ne s'en était pas privé, sans remords ni problèmes, jusqu'au moment où il avait rencontré Pauline. A sa vue, il avait été saisi d'une émotion différente. Il émanait d'elle de mystérieuses vibrations qui l'atteignaient au plus profond de son être. Bouleversé, il avait compris qu'il touchait au mystère... A ce mystère de l'amour, pressenti pendant son adolescence et qu'il avait nié, ensuite, pour se consoler de ne pas le rencontrer.

Aujourd'hui, il le connaissait, il l'avait vécu... mais pour devoir le refuser, l'arracher de son cœur.

Le galop fou de son cheval ne permit pas à Maxime d'admirer le paysage. La verte campagne, les arbres couverts de fleurs, les prairies émaillées de mille taches vives défilaient en une vision floue sous son regard fixe qui ne contemplait qu'une vision évoquée par son souvenir : les traits de Pauline, son expression d'extase quand il l'avait embrassée.

Tout ce qu'il avait appris des autres femmes, tout ce qu'elles lui avaient offert, leurs sourires et leurs paroles n'étaient, il le savait à présent, qu'une parodie de l'amour. Et voilà qu'il était contraint de chasser Pauline de sa vie, et de tout faire pour l'oublier...

En d'autres circonstances, il savait qu'il aurait tenté de séduire une fille si ardemment désirée. Mais pas elle !... Elle était trop pure, trop abandonnée, trop vulnérable. Il ne se serait pas pardonné, ensuite, d'avoir commis un tel sacrilège. C'eût été offenser Dieu, trahir sa propre foi.

Pourtant, comme il l'aimait...

Tant que le souvenir de Pauline le hanterait, tant qu'il sentirait encore contre son corps le contact de ce corps qu'il avait tenu dans ses bras, son souffle qu'il avait respiré, il serait incapable de désirer aucune autre femme, comme il l'avait fait dans le passé.

Quand le prince se décida à tourner bride pour regagner le palais, il était déjà tard. Et dans son cœur il était plus tard encore : il lui semblait avoir vieilli d'un siècle. Pourquoi la fatalité lui avait-elle permis d'entrevoir le paradis pour lui en fermer aussitôt la porte, sans lui laisser aucune chance de la franchir un jour ?...

Lorsqu'il parvint au palais, épuisé, et qu'il confia son cheval couvert d'écume à un valet, il vit un serviteur accourir.

— Sa Majesté Impériale désire voir Votre Altesse Royale.

— Tout de suite ?

— Immédiatement. Dès le retour de Votre Altesse.

Dans le hall, Maxime regarda l'heure à la pendule de malachite verte, où les heures étaient marquées par des pierres précieuses.

Le dîner avait pris fin, les dames étaient en train de se reposer dans leurs chambres et les hommes, entre eux, prenaient leurs aises.

— Où est Sa Majesté ?

— Dans la bibliothèque, Votre Altesse.

Déjà, le valet le précédait. Et Maxime le suivit, bien qu'un entretien privé avec le tsar fût la dernière chose dont il eût envie en cette minute.

Il aurait aimé avoir le temps de se rafraîchir, de se changer... Mais, si le tsar avait désiré le voir « dès son retour », il fallait considérer cela comme un ordre formel auquel il ne pouvait se soustraire.

Ses éperons résonnaient sur le marbre tandis qu'il suivait le dédale de couloirs conduisant jusqu'à la porte de la bibliothèque où l'attendait le tsar.

Le valet l'annonça :

— Son Altesse Royale, Prince Maxime d'Altauss, Votre Majesté Impériale.

Le tsar était assis à son bureau, devant une pile de documents. Il leva la tête et sourit.

— Vous êtes donc de retour, Maxime ! Aviez-vous besoin de tant d'exercice !

— J'ai pris l'habitude des longues chevauchées au Caucase, Sire. Il faut que je continue à m'entraîner si je ne veux pas être rouillé lorsque je retournerai là-bas. D'ailleurs, je...

Tandis qu'il répondait, Maxime pensait que c'était l'occasion de faire savoir au tsar qu'il désirait repartir au combat tout de suite après le mariage de sa sœur.

Mais il n'eut pas le loisir de poursuivre. Le tsar, de la main, lui désigna un siège, en l'interrompant :

— Asseyez-vous, Maxime, j'ai à vous parler.

Le prince obéit et choisit un siège dur et inconfortable, face au souverain.

138

Celui-ci compulsa des papiers étalés devant lui avant de reprendre :

— J'ai ici un rapport qui fait état de votre bravoure, en termes fort élogieux, de l'autorité que vous avez sur vos hommes, et de l'importance incontestable qu'a eue votre action personnelle dans la défaite infligée à Chamil.

Le prince salua mais n'eut pas le temps d'émettre le moindre commentaire ; le tsar poursuivait :

— Dans l'avenir, vous gagnerez assurément d'autres distinctions que l'ordre de saint Georges dont vous avez été récemment décoré. J'ai moi-même un gage de ma satisfaction et de mon amitié à vous offrir.

— Vous êtes trop bon, Sire, murmura Maxime.

Il ne put s'empêcher de constater que ces honneurs, qui un mois plus tôt l'emplissaient de joie et d'orgueil, comptaient peu pour lui en cet instant.

Il se sentait vide et froid depuis qu'il avait renoncé à Pauline, et il savait que rien ne pouvait compenser la douleur de l'avoir perdue.

— Ce que je vais vous proposer, Maxime, non seulement vous agréera, j'en suis sûr, mais comblera les désirs de votre père.

Cette fois, le tsar prit un temps avant de poursuivre. C'était un effet oratoire, visant à donner plus de poids à ce qu'il allait annoncer !

— J'ai décidé de faire de vous un membre de ma famille, plus étroitement que par le mariage de votre sœur avec mon cousin Alexandre... Je désire que vous deveniez l'époux de ma nièce, la grande-duchesse Catherine, acheva Nicolas.

Si le tsar avait tiré un coup de pistolet dans sa direction, Maxime n'en eût pas éprouvé une surprise plus fracassante. Pendant quelques secondes, il crut avoir mal entendu. Les yeux fixés sur le tsar, retenant son souffle, il attendait la suite, sans réagir, car il ne savait pas encore s'il avait réellement compris.

Le tsar s'en amusa :

— Cela vous étonne ? Je savais que vous n'en croiriez pas vos oreilles ! Mais sachez que je m'attache à vous chaque jour davantage. Je voudrais que mes autres parents aient votre courage et votre droiture.

Maxime hochait la tête, toujours muet, car il ne savait que répondre.

— Catherine sera pour vous une excellente épouse et, grâce à cette union, la tsarine et moi-même vous verrons plus souvent. Nous réglerons les détails de votre mariage dès demain, après la cérémonie nuptiale de votre sœur, et je pense qu'à bref délai ce projet se réalisera.

Sur ces mots, le tsar s'était mis debout, comme il avait coûtume de le faire pour signifier à ses interlocuteurs que l'audience était terminée et qu'ils n'avaient plus qu'à se retirer.

— Je ne sais que dire, Sire... murmura Maxime.

Pour le tsar, il n'y avait rien à ajouter. Il avait réglé cette question et entendait passer à autre chose. Il agitait déjà la clochette placée sur son bureau pour appeler l'huissier, à qui il ordonna, dès qu'il parut :

— Introduisez le comte Benckendorff.

Maxime salua en se retirant à reculons et le comte Benckendorff, chef de la Troisième Section, fit son entrée.

Tout en regagnant ses appartements, le long des nombreux couloirs, Maxime ralentissait son allure, aussi assommé que s'il venait de recevoir un violent coup sur le crâne.

Une fois chez lui, il laissa son valet lui ôter ses bottes et l'aider à se déshabiller pour prendre son bain, sans avoir conscience de ce qu'il faisait : il était comme un animal pris au piège qui ne pense à rien d'autre qu'au moyen de s'en sortir.

En qualité d'officier de l'Armée impériale, il devait obéissance absolue au tsar, bien qu'il fût d'une autre nationalité.

Peu à peu, cependant, son cerveau recommença à fonctionner normalement. Il pensa à Pauline, à ce qu'elle représentait pour lui... Et son cœur, sa chair, tout son être se mirent à vibrer à cette évocation. Il appartenait à Pauline, corps et âme... Qu'avait-il de commun avec la grande-duchesse Catherine ? Il ne voulait pas l'épouser ! Il ne le pouvait pas !

De quel droit le tsar l'y contraindrait-il ? Il n'était pas l'un des serfs de ce monarque tyrannique et absolu !

Dans sa vie, Maxime avait déjà connu de multiples dangers, dont il s'était toujours tiré. Au Caucase, on racontait que, tout comme Chamil, il était aidé par des génies venus d'ailleurs, et qu'aucun de ces deux hommes ne parviendrait vraiment à vaincre l'autre car ils jouissaient l'un et l'autre de pouvoirs surnaturels.

C'était là une légende évidemment ! Mais Maxime avait néanmoins confiance en son étoile. Il n'obéirait pas au tsar ! Ce serait non seulement abdiquer son indépendance, sa dignité d'homme libre, mais encore perdre à jamais la femme qu'il aimait.

Certes, il s'y était résigné de lui-même par sagesse, pour son salut à elle... à condition de lui rester fidèle, de ne pas trahir leur amour. Il ne pouvait admettre qu'elle pût croire qu'il l'avait repoussée par ambition, pour devenir le neveu de Nicolas Ier. Cela, c'était insupportable !

Son valet de chambre avait préparé sa tenue de soirée, pensant qu'il comptait rejoindre les hôtes du tsar après sa toilette. Il lui ordonna de la ranger dans la malle et de l'habiller de son uniforme de gala, constellé de décorations à hauteur du cœur.

En fermant la tunique, le valet précisa :

— Les bagages de Votre Altesse Royale sont prêts. Tout est emballé.

— Absolument tout ?

— Sauf l'uniforme d'apparat que Votre Altesse Royale doit mettre demain, au mariage.

— Eh bien, rangez-le aussi.

— Dans la malle ?

— Oui. Il se peut que je parte pour Saint-Pétersbourg dès ce soir.

— Bien, Votre Altesse.

— Et attendez-moi ici. Je vous communiquerai mes ordres.

Sur ces derniers mots, le prince quitta sa chambre dont il ferma la porte.

Pauline s'attendait à tout, sauf à voir Maxime pénétrer chez elle par une porte dérobée.

— Que... que faites-vous ici ? Et que voulez-vous ? demanda-t-elle, incrédule.

Sa voix trahissait sa peur en même temps que son regard le suppliait de ne pas abuser de sa faiblesse.

Maxime fit coulisser doucement le panneau derrière lui, afin de masquer l'ouverture, avant de se retourner vers Pauline pour lui répondre :

— Pardonnez-moi, ma chérie, de vous surprendre ainsi. J'ai une question à vous poser, d'une importance primordiale, pour moi. Vitale, même...

— Maintenant ? Tout de suite ?

Elle avait jeté un regard par-dessus son épaule pour s'assurer que personne ne risquait de les surprendre, de les entendre. Le fait que le prince ait pu ainsi pénétrer dans sa chambre l'effrayait visiblement.

— Oui. Nous n'avons pas une minute à perdre. Et je crois que, pour l'instant du moins, nul ne nous écoute.

Maxime s'était exprimé en anglais, et il fit un pas de plus vers elle. Craintive, elle attendait, encore médusée par son apparition. C'était mal ! Il n'aurait jamais dû se permettre de pénétrer ainsi dans sa chambre. Mais, en même temps, elle ne pouvait s'empêcher d'éprouver une exaltation heureuse de le sentir là, si près d'elle...

Un peu pâle, il reprit d'une voix sourde et pressante :

— Consentez-vous à m'épouser, Pauline ?

Elle sembla ne pas comprendre :

— Vous... épouser ?

Il avait avancé les mains pour prendre celles de la jeune fille. A ce contact elle se mit à trembler. En même temps, elle réalisait le sens de la question qu'il venait de lui poser.

Je vous aime, reprit-il, et je sais que vous m'aimez. Mais je dois savoir si vous êtes prête à tout risquer pour réaliser notre amour. L'exil, le danger, et peut-être la mort.

Les doigts de Pauline se crispèrent sur ceux de Maxime.

— Je ne... je ne comprends pas !

— Comment le pourriez-vous ? Je vais tenter de vous expliquer la situation, ma chérie. Je ne vous demanderais pas un tel sacrifice si je ne pensais pas que le bonheur ait quelque chance de se trouver au bout de nos peines. Mais je dois savoir d'abord si vous êtes résolue, dès maintenant, à subir n'importe quelle épreuve pour être à moi, et pour m'avoir à vous.

— Je vous aime, et je suis assez forte pour tout subir au nom de mon amour. Mais comment pourriez-vous m'épouser ?

— Vous êtes déjà ma femme d'après les lois du destin. Notre union est inscrite dans les astres ! Nous avons été créés l'un pour l'autre, ma bien-aimée, nous appartenons l'un à l'autre. Mais, pour réaliser ce qui est écrit, nous devons affronter des dangers qui, pour vous, me font peur.

— Aucun risque ne m'effraie si je dois l'affronter pour être votre femme, déclara Pauline avec fermeté.

Le regard du prince étincela, tandis qu'il inclinait la tête. Amenant la main de Pauline à ses lèvres, il en baisa d'abord les doigts puis, la retournant, il en pressa la paume d'un baiser fiévreux, possessif.

— Je veillerai sur vous.

Il lui rendait sa main tout en se raidissant un peu contre lui-même, comme s'il s'adressait une mise en garde. Et il annonça :

— Le tsar vient de m'informer qu'il entendait me donner pour épouse sa nièce, la grande-duchesse Catherine.

Pauline eut un cri qui s'étouffa dans sa gorge. Le prince continua :

— C'est alors que j'ai eu la certitude, même si je le savais déjà, qu'aucune autre femme ne prendrait dans ma vie cette place qui est la vôtre, mais qu'il me faudrait lutter pour vous conquérir. Et peut-être mourir au cours de ce combat.

— Comment pourriez-vous accepter de mourir pour moi ?

— Si j'avais cent vies, je les risquerais. Je sais maintenant que je serais le dernier des lâches de renoncer à quelque chose d'aussi important, d'aussi essentiel, et qu'il me faut ou vaincre ou mourir, en luttant de toutes mes forces pour sauver notre amour.

— Non... non !

— Ma chérie... J'ai été fou d'imaginer que je pourrais vous quitter ou vivre sans vous.

— Il ne nous sera jamais permis de vivre ensemble ! gémit Pauline.

— Si !... Nous allons partir ce soir... Tout de suite !

— Et comment ?

— Je vais tout organiser. Si vous consentez à me suivre, alors je vous jure, ma chérie, que je vais livrer et gagner l'unique bataille de ma vie que j'estime essentielle et que vous serez ma femme.

Sans pouvoir s'en empêcher, Pauline était allée à lui et se serrait contre sa poitrine. L'ardente conviction de Maxime triomphait de ses scrupules et de ses craintes. Elle se sentait devenue une part de lui-même.

Il l'étreignit farouchement.

— Nous allons partir d'ici en *droshky* jusqu'à Saint-Pétersbourg. Là, nous prendrons un train avec lequel nous traverserons la Russie, puis la Pologne, jusqu'à Altauss.

— N'essaieront-ils pas de nous arrêter ?

— Nous aurons une très large avance sur eux.

— Mais quand ils s'apercevront que nous sommes partis, que se passera-t-il ?

On tentera, bien sûr, de nous rattraper.

Ils savaient l'un et l'autre que quand ils disaient « on », cela signifiait le tsar lui-même. Le tsar, que rien ne pouvait offenser davantage qu'un refus opposé à ses ordres, qu'un plan prévu pour déjouer ses propres plans. Cela, son Impériale Majesté ne pouvait le tolérer.

Soudain, Pauline réalisa que non seulement le prince refusait, pour elle, une alliance qui eût fait de lui un parent du tsar, mais qu'il renonçait, du même coup, à servir dans l'Armée impériale.

Elle s'affola plus encore :

— Vous ne devez pas faire cela, vous ne pouvez pas ! Si Sa Majesté le veut, elle peut vous accuser de désertion... et vous serez fusillé si l'on vous arrête.

— Je le sais. Voilà pourquoi nous devons nous montrer rusés et habiles, afin de leur échapper.

— Je ne peux pas vous laisser risquer une mort ignominieuse, Maxime !

— Je vous aime, vous m'aimez, et cela seul importe.

Pauline supplia :

— Réfléchissez, mon chéri... De toute façon, je ne pourrai pas être votre épouse légitime aux yeux du monde. Je ne suis pas de sang royal et, à Altauss, on considérera notre union comme nulle.

— J'y ai pensé. Aussi n'est-ce pas le prince Maxime, héritier de la couronne du grand-duché d'Altauss, qui vous épousera, mais un citoyen quelconque.

— Vous pensez donc à un mariage morganatique ?

— Exactement. Et la seule personne qui puisse dissoudre une union morganatique à Altauss est mon père. S'il envisageait de le faire, je renoncerais à mes droits de prince héritier.

Pauline resta quelques secondes interdite, comme si elle avait besoin d'un certain temps pour réaliser le sacrifice que cela représentait.

Enfin un cri lui échappa, venu du plus profond d'elle-même :

— Non ! Non !... Ce serait une trahison envers votre peuple ! Je ne veux pas, je ne peux pas en être responsable. Maxime ! Pensez à tout ce que vous représentez pour les citoyens d'Altauss !

— Bien moins que vous ne représentez vous-même à mes propres yeux. Si je dois renoncer au trône, je ne serai qu'un honnête citoyen, et parfaitement satisfait de son sort aussi longtemps que vous serez ma femme.

— Ne regretterez-vous jamais de m'avoir tout sacrifié, Maxime ?

— Je ne considère pas cela comme un sacrifice. Régner est un devoir, le plus souvent très lourd... Si nous vivons ensemble, je vous jure que, quoi qu'il advienne, je n'aurai jamais de regrets, et que je me jugerai parfaitement heureux.

— Comment pouvez-vous en être si sûr ? protesta encore Pauline.

Maxime la guida doucement jusqu'à la fenêtre. Le soleil était couché. Il ne restait qu'une faible clarté à l'horizon. Au-dessus du palais, les étoiles commençaient à scintiller sur un fond de ciel bleu sombre.

— J'ai pensé que vous étiez une étoile, Pauline, brillante et pure, inaccessible... Et aujourd'hui je vous tiens dans mes bras. Quel sacrifice est comparable à cette victoire ? Avoir rêvé d'un être céleste et soudain le posséder, avec la certitude qu'il est vôtre à jamais ?

— C'est merveilleux de vous entendre parler ainsi... Mais imaginez qu'après quelque temps de mariage, vous vous lassiez de moi ? Supposez que la gloire militaire vous manque... Que la pompe, le luxe, les cérémonies, l'opulence dans laquelle vous évoluez aujourd'hui reviennent vous hanter et provoquer en vous d'amers regrets ?

En guise de réponse, Maxime saisit le menton de Pauline et l'obligea à le regarder en face. Puis, après un instant de silence, il affirma :

— Nous aurons une vie bien remplie et sans aucune monotonie, mon cher amour. Oui, j'ai reçu maintes décorations au service du tsar, j'ai été fêté à sa cour, certes !... Les joies que j'en ai éprouvées sont dérisoires auprès de celle de vous avoir conquise.

— En sera-t-il toujours ainsi ?

— Tout mon être y croit, mon corps et mon âme ! Notre amour est plus grand que n'importe quelle gloire qu'un homme puisse obtenir, en quelque domaine que ce soit. Notre amour est un don de Dieu, Pauline !

Le visage de Pauline était couvert de larmes. Elle balbutia :

— Je ne crois pas qu'un autre homme que vous soit capable de dire à celle qu'il aime de telles paroles. Mais je dois penser à vous, Maxime, et il ne m'est pas permis d'accepter votre sacrifice.

Le prince eut un sourire attendri.

— Que cela vous soit permis ou non, cela est ! Vous n'y pouvez rien. Parce que vous m'avez avoué votre amour, je suis obligé d'agir comme je vais le faire. L'unique chose qui m'effraie est que je risque de ruiner à jamais votre réputation, et peut-être votre vie, en agissant comme je crois devoir le faire pour notre bonheur commun.

— Moi, ce n'est pas cela qui me fait peur...

Elle tenait sa tête un peu renversée, pour mieux le regarder. Alors, il se pencha. Ses lèvres se posèrent sur celles de Pauline, d'abord légèrement, puis avec insistance.

Avant même qu'éperdue elle ait pu répondre à cette caresse qui déchaînait en elle une onde de joie, il balbutia, sa bouche frôlant la sienne :

— Si vous venez avec moi, nous vivrons notre amour tout de suite ! J'en languis tellement, ma chérie...

— A moins qu'on ne nous arrête.

— Faites-moi confiance. Partons, immédiatement. Habillez-vous, soyez prête. J'ai vu que votre malle était déjà prête. Je vais vous envoyer quelqu'un...

Elle sentit qu'il allait la quitter et s'accrocha à lui, désespérément :

— Vous êtes sûr... vraiment sûr... que nous pouvons courir ce risque ? Que nous avons le droit de le faire ?... Rappelez-vous que vous êtes prince et que je ne suis rien !

— Et vous, rappelez-vous seulement que je vous aime, et que vous m'aimez. Vous me l'avez dit !

Il la regarda intensément dans les yeux, puis tandis qu'il gardait l'une de ses mains dans les siennes, Maxime déclara avec solennité :

— Je vous fais le serment solennel que si vous me suivez, si vous consentez à devenir ma femme, non pas la femme d'un prince mais de l'homme que je suis, je vous aimerai, je vous servirai, et m'attacherai à vous rendre heureuse ma vie entière.

Il avait porté la main de Pauline à ses lèvres comme pour sceller le serment qu'il lui faisait, tandis que des larmes coulaient des yeux de la jeune fille. Elle se sentait incapable de prononcer un mot qui traduise la profondeur et la force du sentiment qui, désormais, les unissait.

Pauline ne put que difficilement se rappeler, par la suite, les transes qu'elle avait vécues alors qu'elle suivait avec Maxime une longue enfilade de couloirs déserts qui les menait, à travers le palais, jusqu'à une petite porte latérale.

Elle s'était habillée rapidement, aussi vite qu'elle l'avait pu, d'un costume de voyage qui avait été laissé dans sa malle en prévision de son prochain départ pour Odessa.

Elle finissait de nouer sous son menton le ruban qui maintenait son chapeau lorsqu'on avait frappé à sa porte. C'était le valet du prince.

Sans dire un mot, il avait soulevé la malle qu'elle avait fermée après y avoir déposé les vêtements d'intérieur qu'elle portait pendant son entretien avec le prince. Il l'avait calée sur son épaule et l'avait emportée, toujours sans ouvrir la bouche.

Il ne restait plus, pour Pauline, qu'à attendre. Impulsivement, elle alla à son petit secrétaire pour rédiger rapidement un mot destiné à Margarita :

Je vous précède, Margarita, à Saint-Pétersbourg. Je vous souhaite tout le bonheur possible et les bénédictions du Ciel pour le jour de vos noces. Puissiez-vous avoir trouvé le véritable amour, celui dont toute femme rêve. Veuillez croire, Margarita, à ma profonde et inaltérable affection, aujourd'hui et à jamais.

Pauline.

Elle signait de son nom lorsque le prince reparut, par la porte secrète. Elle lui tendit la feuille de papier. Il parcourut rapidement les quelques lignes et approuva de la tête.

— C'est très habile. Je pensais justement vous suggérer de laisser un mot à ma sœur. J'ai écrit à peu près la même chose au tsar. Nous avons encore les mêmes pensées...

Dans l'instant qui suivit, il fut plutôt difficile à Pauline de se souvenir qu'il lui fallait plier sa lettre et l'adresser à la princesse.

Elle le fit enfin, laissa la lettre sur le coin du secrétaire. Le prince la prit par la main et l'entraîna vers la porte dérobée.

Il y avait quelque chose de fascinant dans l'organisation de l'espionnage au palais : entre les murs des chambres contiguës, était réservé un espace, un étroit passage dans lequel pouvait se glisser un homme chargé d'écouter ce qui se disait, aussi bien dans une chambre que dans l'autre.

Par une seconde porte dérobée, Pauline et le prince passèrent donc dans la pièce voisine inoccupée. Puis, sans lâcher la main de la jeune fille, le prince l'entraîna à travers un dédale de couloirs, véritable labyrinthe qui devait les mener à la sortie du palais sans rencontrer âme qui vive.

Ce ne fut que dehors, où les attendait un *droshky* attelé, que le prince parla :

— A partir de maintenant commence pour nous la grande aventure, ma chérie. N'ayez pas peur !

Elle lui répondit par un radieux sourire : il était visible que non seulement elle n'avait pas peur, mais qu'elle commençait à trouver l'aventure très amusante.

Le valet du prince avait installé les malles sur une voiture tirée par trois chevaux. Dès que les voyageurs furent assis, une couverture de fourrure sur les genoux, l'attelage démarra au grand trot, à la clarté de la lune qui sortait des nuages.

Pauline avait beaucoup de mal à réaliser qu'elle laissait réellement derrière elle le palais impérial, le tsar et la tsarine, le grand-duc Louis, Margarita et tous les courtisans qui prendraient le lendemain la même route, en une longue procession où sa place était prévue.

Le prince la rassura :

— Chacun croira que nous sommes partis en avant, afin d'être sur place quand le cortège nuptial arrivera. Beaucoup de gens l'ont fait. Cela nous laisse le temps d'être loin de Saint-Pétersbourg avant que l'on commence à se poser des questions sur notre absence.

Pauline ne répondit rien car elle était suffoquée par le vent de la course. Mais elle serra les doigts du prince qui tenaient les siens sous la couverture. Ils se comprenaient sans avoir besoin de paroles. Leurs esprits s'accordaient et elle était soulagée de laisser à Maxime les initiatives et les commentaires.

Ils atteignirent si vite Saint-Pétersbourg que Pauline en fut stupéfaite.

Une grande gare venait d'y être construite pour les départs et les arrivées de ces nouveaux chemins de fer qui faisaient l'admiration et la joie des Russes. Lorsque Pauline et Maxime descendirent de leur voiture devant la station, ils furent accueillis cérémonieusement par les responsables accourus, à qui le prince tint, avec autorité, un petit discours qui les fit se hâter pour le satisfaire.

Bien que ne comprenant pas le russe, Pauline devina qu'il se prétendait chargé par le tsar d'une mission qu'il lui fallait accomplir de toute urgence.

Effectivement, on les conduisit jusqu'à un wagon, attaché en queue d'un train ordinaire, un wagon plus luxueux et infiniment plus confortable que les autres voitures qui composaient ce train.

Ce ne fut que lorsque les responsables se furent retirés, en saluant bien bas, et qu'ils se retrouvèrent seuls, que Maxime expliqua :

— Nous avons de la chance ! Ce wagon a été acheté par un petit prince allemand venu assister au mariage d'Alexandre. Je l'ai requis pour notre voyage.

— Mais vous avez le droit d'agir ainsi ?

— Tant qu'à être pendu, mieux vaut voler un bateau qu'un agneau !

Il avait répondu en anglais et Pauline fit de même :

— J'ai peur malgré tout que le tsar ne parvienne à nous faire arrêter...

Le train avait démarré aussitôt qu'ils y furent montés et, déjà, il roulait dans les faubourgs de la capitale. Pauline regardait s'estomper au loin les palais, les dômes, les colonnes en torsades, qui avaient fait naguère son admiration et qu'elle était si heureuse de fuir aujourd'hui. Mais elle demeurait inquiète : leur absence devait maintenant être découverte à Tsarskoïé Sélo. L'interpréterait-on comme l'espérait Maxime ? Et si, au tout dernier moment, le tsar avait donné l'ordre de se lancer à leur poursuite ?

Lorsque le train s'arrêterait à la première halte, des espions, ou des membres de la Troisième Section — il y en avait partout, dans la moindre bourgade ! — seraient peut-être déjà là, alertés par un courrier rapide. Sans se faire connaître, ils les suivraient, Maxime et elle, et les livreraient à la police du tsar à la frontière... Peut-être même étaient-ils déjà dans le train, arrivés à la gare juste derrière eux, si quelqu'un les avait vus partir du palais.

Recroquevillée sur elle-même, assise près de la vitre, les mains serrées entre ses genoux, elle tâchait de surmonter son angoisse tandis que le prince, apparemment insouciant, se mettait à l'aise, se débarrassant de son épée, débouclant son ceinturon.

Il regarda Pauline dont les traits étaient crispés. Souriant, il vint lui poser une main sur l'épaule.

— Cessez de vous tourmenter, ma chérie ! Je suis persuadé qu'en cette minute même Son Impériale Majesté et l'horrible Benckendorff dorment du sommeil des justes et n'auront aucun soupçon à notre sujet avant que ne se forme le cortège nuptial.

— Comment pouvez-vous en être si sûr ?

— J'en suis sûr parce que notre amour a été voulu, organisé par une autre volonté que la nôtre, et que cette volonté est plus puissante que ne le sont les hommes avec leurs petites manigances sournoises et leurs méchants desseins.

En parlant, Maxime s'était assis à côté de Pauline et commençait à dénouer les rubans de son chapeau. Il le lui ôta, le posa avec précaution sur le siège voisin.

— Comment se peut-il que vous soyez si belle, et comment est-il possible que j'aie eu la chance de vous rencontrer ?

— J'ai bien peur que ce ne soit pas vraiment une chance... et que je ne vous apporte que des ennuis ! Rien ne me semble vrai : j'ai l'impression de rêver.

Elle regarda au loin, par la vitre, pour cacher ses yeux brouillés de larmes. Ils roulaient maintenant en pleine campagne. On ne voyait que de rares maisons isolées. Bientôt, d'ailleurs, il n'y en aurait plus du tout, pendant des kilomètres. Sous la pleine lune, les bouleaux étaient d'argent.

— Il est très tard, mon adorée, je vais vous conduire à votre couchette. Essayez de dormir, au lieu de remuer d'aussi sombres pensées, conseilla Maxime. Nous avons devant nous un très long voyage. J'espère que nous le ferons à une telle vitesse que même les plus rapides *droshkys* d'une division de cavalerie seraient incapables de nous rejoindre !

Pauline eut un frisson.

— Parce que... on les lancerait à notre poursuite, vous croyez ? Une cavalerie de guerre ?

— Tout est possible de la part de Nicolas ! Mais il faudrait qu'ils volent comme des oiseaux pour nous rattraper, à moins que le tsar ne télégraphie ses ordres à l'une des villes que nous allons traverser... Mais je plaisante, Pauline ! Ce très moderne moyen de communication n'existe pas encore en Russie.

— Je l'espère !

— Et je me refuse absolument, de toute façon, à passer deux jours et deux nuits dans les transes. Alors que je peux les passer à vous dire mon amour, et à baiser vos lèvres si douces... conclut Maxime.

Il avait joint le geste à la parole et, sous son étreinte, Pauline, les yeux clos, se disait que, si au bout de ce long voyage la captivité et même la mort les attendaient, elle était prête à payer de ce prix le bonheur qui, en cet instant, la baignait tout entière. Que Maxime l'embrasse, qu'il l'embrasse encore... le reste n'avait plus aucune importance.

Sans la lâcher, il l'avait aidée à se lever et l'entraînait vers le fond du wagon, isolé par un grand rideau que le prince écarta. C'était une chambre, avec un lit, un lavabo, et même une petite coiffeuse devant laquelle Pauline pourrait brosser ses cheveux.

— Nous avons eu de la chance ! constata le prince. J'avais craint un certain manque de confort, mais cette voiture est aménagée de façon vraiment luxueuse.

— Espérons que son propriétaire ne nous en voudra pas de la lui avoir empruntée.

— Les hauts fonctionnaires des chemins de fer, en Russie, ressemblent à tous les autres hauts fonctionnaires ! Aussi leur ai-je donné une gratification assez considérable pour qu'ils me « louent » cette voiture. Ils l'ont fourrée dans leurs propres poches, et le propriétaire princier de ce wagon ne saura jamais, quand il le retrouvera pour son retour, qu'entre-temps il aura accompli un tel voyage ! Et il est plus que probable qu'il compte séjourner à Saint-Pétersbourg pour la durée des fêtes.

— Et ce n'est pas nous qui irons le lui dire, n'est-ce pas ? plaisanta Pauline.

Elle riait, mais quelque chose néanmoins la tracassait : il n'y avait qu'un lit ! Assez large pour deux... mais unique. Elle regarda Maxime, l'interrogeant du regard, sans oser poser franchement la question.

A nouveau, il la devina :

— J'ai pour vous, ma chérie, autant de respect et de tendresse que d'amour. Certes, je ne désire rien tant que de vous tenir dans mes bras, je languis que vous m'apparteniez... mais je saurai attendre que vous soyez ma femme.

Soulagée, Pauline laissa aller sa tête sur l'épaule du prince, avec un élan de gratitude.

— Merci, Maxime...

— Sachez que jamais, jamais je ne voudrais faire quelque chose qui vous déplaise ou vous tourmente. Ce que je désire, c'est que vous restiez vous-même, car c'est ainsi que je vous aime. Déshabillez-vous... Couchez-vous... Je vous affirme que je dormirai très confortablement sur n'importe quel siège du wagon.

— Mais il vous faut au moins un oreiller, une couverture...

Attendri, il l'embrassa sur la joue en riant.

— Et pratique, et raisonnable !... Ne vous souciez de rien, ma chérie, le prince allemand à qui appartient ce wagon a certainement fait le voyage avec un valet de chambre et celui-ci aura sans doute pensé à son propre confort. Je trouverai, j'en suis sûr, tout ce qu'il me faut pour passer les nuits sans rigueur excessive !

Une dernière fois, il la prit dans ses bras pour l'embrasser, sans pouvoir s'empêcher de la serrer avec plus de passion que d'ordinaire... Elle était elle-même un peu oppressée lorsque, brusquement, il la lâcha et disparut, laissant retomber le rideau.

Seule, elle se déshabilla et se glissa dans le lit. Il était étonnamment douillet.

Bien que très lasse, elle ne put s'endormir aussitôt. Elle avait conscience de la présence de Maxime, si près d'elle, et elle réalisait que leur stupéfiante aventure risquait d'avoir des répercussions plutôt scandaleuses. De toute façon, le grand-duc Louis d'Altauss serait bouleversé, et peut-être furieux...

Quant à son père à elle, il comprendrait certainement qu'ayant trouvé l'amour elle ait agi comme elle le faisait. Mais irait-il jusqu'à admettre que le prince Maxime avait enfreint toutes les lois pour agir selon sa propre conception de l'honneur et du droit ? C'était moins sûr...

Avec philosophie, Pauline rejeta ces questions et se surprit à sourire : pareille aventure leur ferait plus tard une merveilleuse histoire à raconter à leurs enfants et à leurs petits-enfants !

Mais cette pensée même, qui lui était venue en toute innocence, lui parut soudain, par ce qu'elle sous-entendait, terriblement choquante.

Le rouge lui monta au front tandis que ses joues devenaient brûlantes.

7

— Si Dieu le veut, dit le prince, demain nous passerons la frontière.

Pauline ne lui répondit pas tout de suite. Elle était en train de savourer son bonheur : de sa vie elle ne s'était jamais sentie aussi complètement heureuse que durant cette traversée, en wagon de luxe, de la Russie occidentale et des vastes plaines de Pologne. Être seule avec Maxime, lui parler, écouter les mots d'amour qu'il lui murmurait, quel paradis ! Elle ne supportait pas l'idée que cela puisse finir.

— Je voudrais que ce voyage dure toujours, dit-elle enfin.

En souriant, il la prit aux épaules.

— J'ai idée que vous finiriez quand même par trouver cela monotone.

— Non. Puisque je serais avec vous... et que nous serions seuls.

— Croyez-vous que cela n'a pas été délicieux pour moi aussi ? demanda Maxime en regardant Pauline avec tendresse. Mais j'aspire à plus que cela, ma chérie. J'ai hâte que vous soyez ma femme.

— Moi aussi. Mais je... j'ai peur ! J'ai encore peur...

Chaque fois que le train était à court de bois, dont la chaudière faisait une consommation effarante, le convoi stoppait, et il fallait attendre, dans quelque minuscule station, sur une voie de garage, la fin du ravitaillement en combustible.

Pauline tremblait à l'idée de voir surgir les gardes que le tsar avait dû, maintenant, envoyer à leur poursuite. Si on les rattrapait, pour elle, ce serait certainement la prison, et pour Maxime, quelle punition ? Dieu seul le savait !

Ce n'était que lorsque le tender était enfin rempli et que la machine, en ahanant et crachant, reprenait lentement sa route, que Pauline arrivait à retrouver sa respiration normale, après maints soupirs.

En route, le prince lui avait expliqué que le train se dirigeait droit sur la Prusse. A la frontière, sitôt celle-ci traversée, il leur faudrait trouver un attelage pour les conduire d'une traite jusqu'à Altauss.

— Vous croyez que cela sera possible ? avait-elle demandé.

— Sa Majesté Impériale n'a aucun droit juridique sur la Prusse ni, Dieu soit loué, sur le grand-duché d'Altauss.

Pauline avait regardé le prince avec attendrissement. Elle savait tout ce que sa patrie représentait pour lui. S'il lui fallait abdiquer, comme il avait affirmé qu'il le ferait si c'était nécessaire, cela équivaudrait à une mutilation dont jamais son âme ne guérirait, elle le craignait.

— Je dois vous dire quelque chose, Maxime.

— Quoi donc, ma chérie ?

A son expression, il devina qu'elle se tourmentait de nouveau. Il la serra contre son épaule et attendit en silence qu'elle eût trouvé les mots pour s'exprimer.

Enfin, elle parla :

— Si... pour une raison quelconque, vous désiriez... changer nos projets, et ne pas m'épouser, je... je veux que vous sachiez que je le comprendrai.

Il ouvrit la bouche pour protester mais elle le devança :

— Je suis certaine que vous trouveriez, dans ce cas, une explication à votre absence, pour le tsar... et qu'il vous pardonnerait. Vous feriez la paix avec lui, et vous oublieriez que...

— Un instant, Pauline ! Si je faisais une chose pareille, qu'en penseriez-vous ? Quels seraient vos sentiments ?

— Ce serait atroce de vous perdre... mais moins atroce que de me dire, dans quelque temps, que vous pensez avoir payé trop cher une aventure qui ne méritait pas de tels sacrifices. Moins atroce, et de beaucoup, que vos regrets, si vous en aviez...

— Je n'aurai pas de regrets ! Et maintenant que nous avons passé ensemble, seuls tous les deux, ces longues journées au cours desquelles je ne me suis pas ennuyé une minute, parce que j'étais heureux de vous avoir près de moi, je ne puis vous redire qu'une chose, Pauline : je vous aime infiniment plus que lorsque nous avons entrepris cette conquête de notre liberté !

Il était impossible de douter d'une telle sincérité. Cependant Pauline ne put s'empêcher d'interroger :

— C'est vrai ? Bien vrai ?

— Vous saurez à quel point c'est vrai lorsque je vous aurai passé au doigt un anneau d'or et que vous serez mienne, totalement et entièrement mienne.

Son visage était tout contre celui de Pauline tandis qu'il prononçait ces mots, avouant son désir. Brusquement, il prit ses lèvres en un baiser profond, exigeant, possessif, qui les laissa tous deux hors d'haleine. Pour Pauline, c'était la première fois qu'elle sentait monter en elle un appel dont elle ne réalisait pas exactement la nature, mais qui la bouleversait, la grisait.

Et, pour la première fois aussi, elle répondit aux baisers brûlants de Maxime au lieu de les accueillir, comme elle le faisait jusqu'ici, avec une candide passivité. Cela aviva la passion du prince qui s'arracha à cette étreinte dangereuse.

— Comment pouvez-vous douter de mon amour, Pauline ? Comment pouvez-vous croire que je sacrifierais à ma sécurité, à ma carrière, ce don merveilleux que nous a fait le Ciel et que, pour ma part, je n'espérais plus ? Vous êtes toute ma vie désormais... murmura-t-il.

— Moi aussi, je vous aime comme je ne pensais pas que l'on puisse aimer. Je ne comprends pas ce qui se passe en moi ! Quelque chose de tellement étrange !

Pauline avait caché son visage dans le cou du prince et lui-même sentait le sang cogner à ses tempes, les battements de son cœur s'affoler. Il répondit sourdement :

— J'ai tant de choses à vous apprendre encore, adorable petite fille. Tant de choses sur l'amour !

Il la découvrait si innocente, si pure, si désarmée contre la vague impétueuse de son propre désir qu'il se contraignit à reprendre son calme, à se dominer. Il devait lui dévoiler patiemment, avec toute la tendresse dont il était capable, ce qu'était cette étrange et impérieuse exigence des sens contre laquelle il devait lutter lui-même dès qu'il la touchait.

Bien que Pauline n'en eût pas conscience, il faisait preuve d'une volonté presque surhumaine depuis qu'ils étaient seuls dans ce wagon et qu'ils s'éloignaient de plus en plus de la menace que représentait pour eux la main toute-puissante du tsar.

Après avoir embrassé Pauline pour lui souhaiter bonne nuit, le prince resta éveillé dans le noir. Il l'imaginait dans ce lit dont un rideau le séparait et il brûlait alors du désir de ce corps, si proche et pourtant inaccessible.

Il ne devait qu'à la discipline de fer qu'il s'était toujours imposée de résister à ce désir. Il savait aussi que leur union future ne devrait pas être uniquement fondée sur la confiance et la foi qu'ils avaient l'un en l'autre, mais qu'il lui faudrait veiller à ne jamais heurter la part d'idéalisme qu'il avait décelée, dès le début de leurs rapports, dans l'âme de Pauline.

C'était un être absolument pur. Un être angélique, en somme... Aucune des femmes qu'il avait connues n'offrait, sur ce point, la moindre ressemblance. Et c'était cette invisible, mais invincible armure qui la protégeait de toute atteinte de la part de Maxime. Il aurait eu le sentiment de commettre un sacrilège en assombrissant, si peu que ce fût, ce halo de lumière dont, sans le savoir, elle était entourée.

— Si j'avais le choix, lui avait-elle dit un soir, c'est dans une petite cabane que je voudrais vivre avec vous, afin de prendre soin de vous et d'avoir la possibilité de vous prouver tout ce que mon amour serait capable d'accomplir !

— Mais, où que nous vivions, lui avait-il répondu, que ce soit dans une cabane ou dans un palais, nous y créerons pour nous seuls un discret refuge à l'abri du monde, où pourra s'épanouir notre tendresse. Et tant que nous vivrons ensemble, je veillerai sur vous et je vous protégerai contre ce qui pourrait vous blesser.

Elle avait eu un petit soupir heureux, reconnaissant, avant de remarquer :

— J'ai peur de la réaction de votre père : ne sera-t-il pas amèrement déçu ?

— Nous avons le temps d'y penser ! Ma préoccupation de l'instant, c'est de vous mettre en sûreté et de vous épouser. Je sais déjà où nous passerons notre lune de miel, Pauline !

— Un voyage de noces ?... Je n'en espérais pas tant !

— Et moi, c'est ce que je désire plus que tout. Il n'y aura que nous deux. Chaque minute nous appartiendra.

— Ce serait le paradis !

— Je vous le promets, ce *sera* le paradis... avait affirmé Maxime...

Lorsque Pauline s'était éveillée, le second matin, elle avait fait une toilette rapide et choisi pour se vêtir une robe plus simple que celle qu'elle portait en montant dans le train à Saint-Pétersbourg.

Après avoir tiré le rideau qui séparait le coin-couchette du reste du wagon, elle remarqua que Maxime, lui, avait endossé son rutilant uniforme de major général de l'Armée.

Devant son expression de surprise un peu inquiète, il se hâta d'expliquer, avant qu'elle ait eu le temps de poser la question :

— Il est préférable que je sois en tenue. Si, par malchance, des sbires du tsar nous attendaient, la seule vue de mon uniforme les contraindrait à nous traiter avec le respect qui nous est dû. Et si tout va bien pour nous, le fait d'être un militaire haut gradé fait toujours impression en Prusse ! Pour les Prussiens, un militaire est quelqu'un à qui l'on obéit par principe.

— Vous êtes vraiment splendide, ainsi !

— Et vous, vous êtes charmante. Bonjour, Pauline. Savez-vous que j'attends mon baiser du matin ?

Elle se jeta dans ses bras et il la tint contre lui, contemplant avec ravissement ce visage levé vers lui, illuminé d'amour. Perdus dans la contemplation l'un de l'autre ils oubliaient tout ce qui les entourait. Leurs lèvres s'étaient jointes et ce baiser dura jusqu'à ce qu'un son de cloche annonçât que le train entrait en gare.

— C'est la frontière ? balbutia Pauline.

— Sans doute.

Le souffle coupé, elle se contraignit à s'asseoir tranquillement, feignant une aisance et une décontraction qu'elle était loin d'éprouver. Le train ralentit et longea bientôt une sorte de quai en bois sur lequel se tenaient les responsables officiels du chemin de fer.

Mentalement, avec une intense ferveur, Pauline priait : Seigneur, je vous supplie, aidez-nous. Ne permettez pas que l'on nous contraigne à faire demi-tour... Ne les laissez pas nous capturer maintenant, au dernier moment, après tant d'heures d'espoir !

Le prince ne disait rien mais elle le devinait tendu. Le convoi stoppa et les responsables s'approchèrent de la portière du wagon. Alors, Maxime descendit calmement au-devant d'eux.

Ils avaient une allure curieuse dans leurs beaux uniformes chamarrés que le tsar avait personnellement conçus pour leur emploi, et dont l'élégance et l'éclat contrastaient jusqu'au comique avec leurs barbes mal taillées, leur teint rougeaud et leurs grosses mains aux ongles noirs.

Les palabres commencèrent, faites de questions et de réponses différemment interprétées, ce qui entraînait d'autres questions additionnées de commentaires, de détours et de retours, comme il semblait qu'il fût inévitable en Russie, ou décidément rien n'était jamais simple.

Si Pauline avait cherché à entendre ce qui se disait, elle n'y eût probablement rien compris, car ces gens ne s'exprimaient pas en russe mais dans le dialecte local. Elle ne fit aucune tentative : elle attendait, en priant pour que tout se passât bien.

Tapie dans un coin, elle fermait les yeux, terrorisée à l'idée de voir ces hommes pénétrer dans le wagon.

Comme le temps passait, elle en arriva à ne plus pouvoir supporter cette tension : son cœur battait jusqu'à l'étouffer, ses mains devenaient moites, un étau lui serrait les tempes. Elle pensait qu'elle allait s'évanouir lorsque, soudain, il y eut un bruit sec, une sorte de roulement métallique, un son de cloche... puis un chuintement de vapeur. Elle sentit que le convoi s'ébranlait.

Elle ouvrit les yeux. Le prince était devant elle et lui tendait les bras. Elle s'y jeta, cependant qu'il avait un rire de triomphe.

— Nous avons gagné ! Nous avons gagné, mon amour ! Dans quelques minutes, nous aurons quitté pour toujours le sol de la Russie.

Elle avait eu si peur qu'elle ne put retenir un sanglot de délivrance. Des larmes inondèrent ses joues tandis qu'elle se serrait éperdument contre la poitrine de Maxime.

Il prit sa bouche puis, tendrement, but ses larmes, une à une...

Un moment plus tard, le train faisait halte à nouveau, dans la première gare située en territoire prussien.

Les fonctionnaires, de l'autre côté de la frontière, avaient une allure et une efficacité toutes différentes. Ni laisser-aller, ni nonchalance, ni balourdise. Pauline constata que le prince avait vu juste en se mettant en grand uniforme.

Devant lui, les fonctionnaires aux allures de soldats s'inclinèrent respectueusement. On appela pour eux des porteurs et l'on trouva immédiatement une voiture confortable attelée de chevaux impeccables.

Avant qu'elle ait pu réaliser ce qui arrivait, Pauline se retrouva roulant sur une bonne route, entre des maisons de belle apparence, aux jardins ornés de pelouses vertes et bien entretenues : la banlieue de la ville.

Le soleil brillait. Elle avait le sentiment de sortir d'un tunnel et d'être soudain éblouie par le jour.

— Où allons-nous ? demanda-t-elle.

— Déjeuner d'abord, du moins je l'espère. Vous devez, ma chérie, vous sentir plus légère. Moi-même, je me sens comme un prisonnier qui voit tomber ses chaînes. Mais je ne suis qu'un homme et, pour tout vous avouer, cette euphorie ne m'empêche pas d'avoir faim.

— Eh bien, moi aussi ! répondit Pauline en riant.

— Il ne nous reste qu'à souhaiter une nourriture plus savoureuse que celle que nous avons dû manger dans ce train.

Effectivement, ce qu'on leur avait apporté au hasard des gares où s'arrêtait leur convoi, était de la nourriture de paysans, plutôt lourde et cuisinée de façon rudimentaire.

Par chance, le prince avait découvert quelques petits pots de caviar dans un placard ; tant pis si ces extra, fort bienvenus, étaient, en fait, le produit d'un larcin au détriment du pauvre prince allemand, propriétaire de ce wagon.

De toute façon, Pauline était si heureuse d'être avec Maxime qu'elle aurait avalé n'importe quoi et, pour sa part, elle n'avait guère prêté attention à ce qu'elle mangeait. En revanche, elle avait apprécié le thé dont, à chaque arrêt, on garnissait le samovar où il se tenait au chaud jusqu'à la station suivante. Elle en buvait tasse sur tasse.

L'auberge où ils descendirent était claire et bien tenue. Dès qu'ils demandèrent un petit déjeuner, deux serveuses aux joues de pomme d'api et aux tabliers d'une éclatante blancheur s'empressèrent à les satisfaire. Elles étaient charmantes, ces jeunes filles, éclatantes de santé sous leurs coiffes empesées.

En voyant ce qu'on leur apportait, Pauline sursauta.

— Ciel !... Si je mange tout ça, je serai comme un chameau qui va traverser le désert : je pourrai me priver de nourriture pendant huit jours.

— Pas moi. J'ai une faim d'ogre ! Et je me sens de meilleure humeur à chaque bouchée.

Ils reprirent la route et, lorsqu'ils s'arrêtèrent pour le repas de midi, le prince dut convenir que c'était pour laisser reposer les chevaux plus que pour se sustenter eux-mêmes.

Après cette nouvelle halte, la route qu'ils suivirent commença à monter. Apercevant, à l'horizon, de hautes montagnes, Pauline supposa que cette chaîne séparait Altauss, au nord et à l'est, de la Prusse et de la Saxe.

Sachant que le prince voulait lui en faire la surprise, elle ne dit rien et se contenta de lui serrer fermement la main, sous la couverture protégeant leurs genoux.

Elle pensait qu'à partir de maintenant sa vie entière était dans cette main et que, pour elle, c'était une bénédiction du Ciel qu'elle n'aurait jamais osé espérer un mois plus tôt.

Il était six heures du soir lorsqu'ils franchirent un petit pont, au-dessus d'un torrent, à la limite de la Prusse et d'Altauss.

Dès que la voiture fut sur l'autre rive, Maxime prit le visage de Pauline pour le tourner vers lui.

— Bienvenue chez moi, mon merveilleux amour...

Trop émue pour répondre, elle ferma les yeux en lui tendant ses lèvres.

Deux minutes plus tard, ils s'arrêtaient dans un village au pied de la montagne à peine plus important qu'un hameau. Quelques maisons blanches le composaient, entourant une église et un bâtiment un peu plus grand que les autres devant lequel les chevaux s'immobilisèrent.

— Attendez-moi là, quelques minutes, recommanda le prince.

Descendu de voiture, il alla à la porte. Dès qu'on lui eut ouvert, il entra. Pauline savait où il allait. Une fois encore elle pria pour que tout se déroule comme il l'espérait.

Ce ne fut pas long. Lorsqu'il, sortit il souriait. Elle comprit, avant même qu'il eût ouvert la bouche pour annoncer calmement, mais avec un accent de triomphe:

— Le prêtre nous attend!

Le regard qu'ils échangèrent alors surpassait les mots qu'ils auraient pu prononcer.

Maxime aida Pauline à descendre et la guida, sans lui lâcher la main, le long de la petite allée mal pavée qui conduisait à l'église dans laquelle ils pénétrèrent.

Celle-ci était très vieille et fleurait l'encens. Pauline eut l'impression, en s'agenouillant, que tous ceux qui, depuis des siècles, étaient venus prier là, y étaient présents, quoique invisibles.

Le prêtre, très âgé, qui bénit leur union et reçut leur consentement au mariage, leur adressa ensuite des paroles d'une gravité montrant qu'il voyait en eux un couple lié pour l'éternité par la volonté de Dieu, et indissoluble à jamais.

Dans le geste qu'eut Maxime pour lui glisser au doigt l'anneau nuptial, Pauline sentit la même solennité, la même ferveur. Ce n'était pas le geste conventionnel, commandé par le rite et accompli comme tel... Dans la façon dont il lui prit la main, dans la lenteur qu'il mit à faire glisser l'anneau, il y avait beaucoup, beaucoup de promesses. D'ailleurs, ses doigts tremblaient un peu.

Elle aurait voulu lui crier : Je t'aime ! Mais ce fut lui qui le dit, d'une voix sourde, lorsqu'ils se remirent debout. Il lui baisa d'abord la main gauche, et puis la droite, tendrement. Une joie lumineuse irradiait Pauline : aucune femme au monde ne pouvait en cet instant se sentir baignée de plus de félicité !

Ce ne fut que dans la voiture, alors qu'ils se remettaient en route, qu'elle put balbutier :

— C'est vrai ? C'est vraiment vrai ? Je suis votre femme... J'ai peine à le croire, Maxime !

Il l'attira sur sa poitrine.

— Il faut le croire ! Je vous promets que vous en aurez bientôt la certitude, que vous vous rendrez compte que vous êtes ma vie même, mon propre souffle. Nous sommes unis à jamais, mon cher amour. Aujourd'hui n'est que le premier pas d'une longue, longue route que nous ferons ensemble jusqu'à ce que la mort nous sépare...

— Qu'avons-nous fait, Maxime, pour mériter cela ?

— Je ne sais pas. Je ne peux qu'en remercier Dieu, chaque jour. Oui, c'est miraculeux, mais c'est ainsi, Pauline... Peut-être l'avons-nous mérité sans le savoir. De toute façon, n'en tirons aucun orgueil mais rendons grâces...

Une fois encore, elle s'étonna :

— Comment se fait-il que vous soyez si différent des autres hommes ? En général, ceux de votre sexe se vantent plutôt de leurs exploits.

— C'est la question que j'étais en train de me poser à votre sujet, mon amour. Comment se fait-il que vous soyez si différente des autres femmes ? En général, elles se glorifient de leur beauté et de leurs conquêtes ! Tout leur est dû !

Ensemble, ils éclatèrent de rire. Puis Maxime reprit gravement :

— Pour vous gagner, j'aurais gravi la plus haute montagne et je serais descendu dans le gouffre le plus profond. Et maintenant, plutôt que de vous perdre, je défierais Satan lui-même, jusqu'en enfer.

Ils firent encore une longue route, puis Pauline aperçut un château, petit mais ravissant. Elle supposa immédiatement que cette demeure était celle qui les attendait.

Du regard, elle interrogea le prince.

— Oui, c'est là que nous passerons notre lune de miel, confirma-t-il. Le château de Liedenburg. Il m'appartient. Mon père me l'a offert comme pavillon de chasse pour mes vingt et un ans. J'aime beaucoup y venir mais j'avais toujours l'impression qu'il y manquait l'essentiel. Maintenant, je sais que c'était vous.

— Cela signifie-t-il que si nous sommes rejetés par la société pour la façon dont nous avons agi, et que votre père lui-même ne nous pardonne pas, nous vivrons ici ?

— Exactement... Et je sais, ma chérie, que nous pourrons y être heureux, même sans autre compagnie que la nôtre.

Pauline protesta :

— Pour ma part, je serai heureuse n'importe où avec vous, Maxime. Mais vous méritez un autre avenir, des honneurs, des richesses... Il ne peut être question que vous renonciez à cause de moi à ce que vous possédez déjà.

— Nous parlerons de cela plus tard. Ce qui m'intéresse pour l'instant est que vous êtes ma femme. La lune de miel est un moment hors du temps, durant lequel rien ne doit venir troubler la félicité des époux. Où rien n'a d'importance que l'amour...

Le château de Liedenburg était encore plus séduisant à l'intérieur, meublé sobrement mais avec un goût parfait. Les rideaux et les tentures avaient été tissés par les femmes du village et le sol était couvert de peaux d'animaux sauvages que le prince avait abattus lui-même à la chasse. Vus des fenêtres, le paysage alentour et l'horizon montagneux étaient d'une beauté à couper le souffle.

Un grand hall donnait sur une petite salle à manger et un salon plus vaste. Dans la chambre, le lit à colonnes avait été sculpté et peint par des artisans locaux.

Tout ce que découvrait Pauline lui arrachait des exclamations enthousiastes, jusqu'à ce qu'elle fût à court de qualificatifs. Alors, elle resta muette, se contentant de hocher la tête, dépassée et heureuse...

Le prince souriait.

— J'étais sûr que vous aimeriez ma maison ! J'ai tout choisi, jusqu'au moindre objet. Je voulais, si c'était possible, ne faire appel qu'aux artisans du village, qui sont les meilleurs sculpteurs sur bois du grand duché. Quand je leur ai passé commande, ils se sont engagés à travailler jour et nuit pour me satisfaire dans les délais les plus brefs... et ils ont tenu parole.

Le résultat était à la fois si original et si artistique que l'ensemble avait l'air d'un merveilleux jouet, d'un goût exquis. Pour Pauline, c'était un peu comme si on lui offrait une maison de poupée à l'échelle humaine.

Elle aimait ces meubles sculptés et peints et les cadres de bois finement travaillés des tableaux accrochés aux murs. Dans la chambre, les rideaux et les tentures rappelaient la couleur de ses yeux, et le bleu, sa couleur de prédilection, était le ton dominant de la décoration. Pauline en était émerveillée et troublée.

— On jurerait que tout cela a été conçu exprès pour moi, bien qu'évidemment ce soit impossible...

Maxime suggéra :

— Peut-être ai-je été guidé par une prémonition, et ai-je inconsciemment créé le décor idéal pour la femme qui était déjà dans mon cœur, sans la connaître encore !

Après une tendre étreinte, le prince s'éloigna pour permettre à Pauline de prendre un bain et d'échanger son costume de voyage pour une toilette plus légère.

Deux jeunes femmes l'attendaient pour l'aider, jolies et souriantes. Elles lui apprirent que leurs parents avaient veillé sur le bien-être du prince depuis qu'il avait pris possession de ce castel. Elles-mêmes avaient grandi avec, au cœur, l'espoir de le servir à leur tour quand elles seraient en âge de le faire.

L'une d'elles eut même une exclamation touchante :

— Nous espérions, sans trop oser y croire, que Son Altesse épouserait quelqu'un d'aussi charmant que vous, Madame. Nous sommes comblées !

L'autre rougit violemment.

— Que Votre Altesse Royale veuille bien excuser ma sœur de ce qui est peut-être une impertinence.

— Je l'excuse volontiers, et je la remercie. Une gentillesse n'est jamais impertinente. Je suis ravie, au contraire...

Elle avait tressailli en s'entendant appeler « Votre Altesse Royale ». Elle avait oublié qu'en faisant d'elle sa femme, Maxime lui avait offert aussi cet honneur. Il lui faudrait s'y habituer... A moins que... A cette pensée, son cœur se serra... A moins que le fait de l'avoir épousée ne le contraigne, lui, à redevenir un simple citoyen, sans titre ni couronne.

De toute façon, les jeux étaient faits, elle n'y pouvait plus rien. Et elle savait qu'aborder cette question au cours de leur lune de miel serait stupide et maladroit.

Mais comment pourrait-elle compenser tout ce qu'il lui sacrifiait ? Peut-être y parviendrait-elle en partie, en l'aimant éperdument, en ne vivant que pour lui, sans jamais penser à elle-même. Alors, peut-être n'aurait-il pas trop de regrets...

Tout en savourant le repas délicieux qui leur était servi, Pauline admirait son mari, assis face à elle. Il était vêtu d'un costume de ville. Elle pouvait oublier un instant sa haute noblesse et imaginer qu'ils n'étaient qu'un couple semblable à tant d'autres.

Ils buvaient un vin blanc provenant du vignoble d'Altauss. A la fin du dîner, lorsque les valets eurent quitté la pièce, Maxime leva son verre.

— A ma femme ! A la plus belle, à la meilleure des épouses. A la plus courageuse...

— C'est vous qui avez été courageux. Et moi, je bois à l'homme le plus merveilleux du monde, et qui est mon mari.

Elle n'avait bu qu'une gorgée lorsque Maxime recula sa chaise et vint la prendre tendrement par les coudes pour l'attirer à lui.

— La journée a été longue, ma chérie, je vous emmène au lit.

Elle obéit sans répondre mais lorsqu'il lui saisit la main, il sentit qu'elle tremblait.

Ils montèrent à l'étage, jusqu'à la chambre qui baignait dans la pénombre dorée ménagée par un éclairage aux chandelles. Derrière eux, le prince referma la porte et se retourna.

— Ma chérie, bien que vous n'en ayez rien dit, je sais exactement tout ce que vous avez ressenti durant ces derniers jours, alors que nous traversions la Russie. J'ai mesuré votre angoisse...

Il l'entourait de ses bras.

— J'admire le courage que vous avez montré en fuyant avec moi, en supportant l'inconfort de ce voyage, en évitant de montrer la peur et l'anxiété qui vous tenaillaient.

— J'étais avec vous... c'était l'essentiel pour moi !

Il mit un léger baiser dans ses cheveux.

— Merci, mon amour !... Mais, compte tenu de tout cela, je tiens à vous dire que si vous préférez vous reposer en paix cette nuit, seule, je le comprendrai.

Elle leva la tête pour le regarder mieux tandis qu'il poursuivait :

— Je vous désire, Dieu sait combien je vous désire ! Mais parce que je vous aime, je crois que trop de hâte serait une erreur.

Pauline se doutait que peu d'hommes seraient ainsi capables de prouver leur amour avec une telle délicatesse. Dans le train, déjà, elle avait compris qu'il faisait un effort surhumain pour ne pas l'embrasser plus longuement lorsqu'elle lui souhaitait le bonsoir avant de se coucher, et qu'ensuite il se retirait le plus loin possible, à l'autre extrémité du wagon. Comme si le fait d'avoir toute cette distance à parcourir lui permettait de résister à son désir de la rejoindre.

Elle réalisait que, tout comme il avait sacrifié sa carrière en Russie, et, plus encore, renoncé à régner par amour pour elle, le prince à cet instant était prêt à passer leur nuit de noces loin d'elle, si telle était sa volonté.

D'abord, il fut difficile à Pauline de trouver des mots pour répondre, et surtout pour exprimer ce qu'elle ressentait. Puis, d'une petite voix timide, elle murmura :

— Je suis votre femme. Je suis heureuse de l'être ! C'est notre première nuit, Maxime... Restez près de moi.

Beaucoup plus tard, alors que l'unique chandelle qu'ils avaient laissée allumée était sur le point de s'éteindre, Pauline s'étira langoureusement entre les bras du prince.

Il avait ouvert les rideaux. Étendue contre lui, elle pouvait voir le ciel pur scintillant d'étoiles et la cime des monts que paraissait frôler la lune, dont la clarté répandait sa lumière d'argent sur les pentes et les vallées.

Elle tourna la tête et sa joue se posa sur l'épaule du prince.

— La première fois que tu m'as embrassée, je me suis crue transportée parmi ces étoiles. Maintenant, je sais que ce n'était pas une illusion. Nous ne sommes plus sur terre, mon amour, murmura Pauline.

— Non, nous ne sommes plus sur terre, c'est vrai. Ô ma merveilleuse, mon adorable femme. Comment ai-je pu penser que tu redoutais mon étreinte ?

— Je la redoutais un tout petit peu, mais... j'ignorais que l'amour pouvait être si... bouleversant.

— T'ai-je rendue heureuse ?

— Plus qu'heureuse... Mais toi-même... n'es-tu pas déçu ?

Il eut un petit rire.

— Comment le serais-je, quand tu es l'amour même ? Ce que je croyais impossible de rencontrer jamais.

Pauline se rapprocha encore de Maxime pour lui avouer :

— Tu sais, j'ignorais tout, absolument tout de l'amour ! Quand tu m'as prise... j'ai eu l'impression que tu m'emmenais dans un autre monde, que les portes du paradis s'ouvraient pour nous deux.

Après un silence, elle osa demander, hésitante :

— Est-ce que... quand tu... quand tu fais l'amour avec d'autres femmes... c'est pareil pour toi ?

Il la prit au menton pour l'obliger à le regarder.

— J'étais sûr que tu me poserais cette question ! Eh bien, je te répondrai aussi sincèrement que si nous étions en ce moment devant l'autel de la petite église où nous nous sommes unis cet après-midi... Le bonheur et l'ivresse que j'ai ressentis dans tes bras, aucune femme encore ne me les avait donnés. Ce fut tout autre chose, une révélation. Que je n'espérais pas, que je n'attendais pas, car je croyais avoir atteint la limite de l'expérience.

Il posa un petit baiser sur le front de Pauline et continua :

— C'est le miracle de l'amour, celui qu'on ne rencontre qu'une fois dans la vie. Quand on a beaucoup de chance...

Avec un cri de joie, Pauline s'approcha jusqu'à toucher son visage :

— Je t'aime, je t'aime... tu ne peux savoir à quel point je t'aime ! Ni à quel point je suis heureuse que tu m'aimes ! Il faudrait des mots qui n'existent pas pour l'exprimer...

— Et moi, il me faudrait au moins un siècle pour te le prouver ! Alors, il faut commencer tout de suite, en espérant que le destin nous laissera tout le temps...

— Mais même un siècle, ce sera trop court !

Dans la voix de Pauline, Maxime perçut un accent passionné qu'elle n'avait jamais eu auparavant. Elle devenait semblable à une fleur que le soleil a fait éclore. Chaque jour, désormais, il allait lui apprendre l'amour et ce serait plus exaltant, plus fascinant que tout ce qu'il avait fait jusqu'ici dans sa vie.

Il baisa ses sourcils, ses paupières, son nez, retardant un peu sur la bouche ce baiser qu'elle attendait, lèvres offertes.

— Je t'aime, je t'aime, balbutiait-elle, éperdue, et je sens ton cœur qui bat... très fort, contre le mien... et je sais que tu m'aimes... aussi...

Il la taquina :

— Maintenant, c'est toi qui me cherches... délibérément !... Avant, tu ne savais pas provoquer mon désir... ma douce...

— C'est mal ? demanda-t-elle comme une enfant grondée.

Il se mit à rire.

— Bien sûr que non ! Au contraire. D'ailleurs, je te rendrai tout au centuple, dans l'avenir. Tu verras !

Enfin, cessant son jeu, il prit sa bouche fiévreusement, passionnément.

A nouveau, les ondes du plaisir la traversèrent comme des vagues, de plus en plus puissantes... C'était « lui », son amour, lui tout entier qui lui faisait oublier la vie, en l'exaltant. Lui, avec ses bras forts, ses lèvres, tout son corps... Ils ne formaient plus qu'un seul être éperdu de bonheur.

8

Trois semaines plus tard, ils se décidèrent enfin à quitter le château de Liedenburg pour le palais de Wildenstadt.

Pauline avait mis sa plus belle robe, son plus joli chapeau, mais elle tremblait d'inquiétude et d'anxiété à la pensée de se retrouver devant le grand-duc. Comment allait-elle être accueillie ?

Elle savait que le prince avait écrit à son père pour lui annoncer leur arrivée et lui dire où ils avaient passé leur lune de miel. Aucune réponse ne leur était parvenue et ils se posaient des questions : le grand-duc avait-il désiré les laisser savourer en paix leur solitude ? Ou était-il trop ulcéré pour consentir à prendre la plume ?

Le prince supposait que son père eût aimé revenir à Altauss aussitôt après le mariage de sa fille, mais il avait dû prendre le bateau comme les autres invités et cela avait, de toute façon, demandé une semaine, ou tout au moins cinq jours.

— Nous lui avons laissé le temps de s'habituer à l'idée de notre mariage, et d'en discuter avec ton père, avait-il expliqué à Pauline.

Elle avait suggéré :

— Son Altesse Royale est peut-être tellement fâchée... qu'elle a envoyé à Londres un rapport très défavorable sur papa ?

— Je suis persuadé que mon père n'a pas agi de la sorte ! avait affirmé Maxime. C'est un homme juste, incapable de cette sorte de mesquineries. Il ne lui viendrait certainement pas à l'idée de rendre Sir Christopher responsable d'un état de choses dont il est totalement innocent et moins encore de le lui faire payer.

— Mais... je suis sa fille. Et moi... je suis responsable.

— Tu es avant tout ma femme, maintenant.

En le déclarant, Maxime avait pris Pauline dans ses bras et l'avait embrassée jusqu'à ce que le problème de leur retour eût fait place, dans leur esprit, à bien d'autres sentiments plus immédiats et plus agréables. L'important était de terminer glorieusement leur lune de miel. Ils affronteraient mieux, ensuite, l'orage qui les accueillerait peut-être...

Comme chacune de leurs journées — et de leurs nuits — n'était que délices et extases qu'aucun mot n'aurait pu traduire, il leur était d'ailleurs très difficile de penser à autre chose qu'à l'amour qu'ils avaient l'un pour l'autre.

Ils descendaient à cheval dans la vallée, où il était alors possible de lancer leurs montures au grand galop. Ou bien, ils s'amusaient à escalader la montagne. Mais, le plus souvent, ils savouraient leur bonheur tranquillement, assis dans les magnifiques jardins du petit château et parlaient.

Il y avait tant de choses que Pauline voulait savoir sur son mari et tant de choses qu'il avait à apprendre sur elle ! Mais ces conversations ne se prolongeaient guère et il était à craindre qu'ils ne parviennent jamais à tout savoir l'un de l'autre. En effet, Maxime ne pouvait s'empêcher d'embrasser sa femme entre deux questions, et, un baiser en appelant un suivant, ils finissaient par oublier de quoi il était question quelques minutes auparavant.

Puis le jour vint où il fallut se résigner à regagner Altauss. Dans la voiture, Pauline éprouva soudain un sentiment de panique : ne laissait-elle pas son bonheur derrière elle, à jamais ? Qu'allait-il se passer maintenant ?

Dans un mouvement instinctif, elle se serra contre son mari. Il la regarda, vit son visage altéré, et comprit ce qu'elle ressentait.

Tendrement, il lui entoura les épaules de son bras.

— Souviens-toi que nous sommes mariés, et que rien ni personne n'a le pouvoir de nous séparer.

En apercevant le palais dans le lointain, Pauline retrouva cette impression de conte de fées qu'il évoquait naguère pour elle. Elle aimait cette superbe demeure.

Les hommes en faction, dans leurs guérites blanches soulignées de rose, les saluèrent d'abord puis embouchèrent leurs trompettes pour signaler leur présence, jusqu'à ce que l'attelage eût atteint la grande porte du château.

Les valets arrivèrent en courant pour les accueillir. Il ne faisait aucun doute qu'ils étaient ravis de revoir le prince, leurs sourires épanouis en témoignaient.

— Je suppose que Son Altesse Royale nous attend ? dit Maxime.

La majordome, dans sa livrée la plus chamarrée, s'inclina pour acquiescer et les précéda pompeusement jusqu'au salon d'honneur.

Comme Pauline tremblait de crainte, elle s'empara de la main de son mari sans se soucier de ce que pouvaient en penser les valets. Ce réconfort lui était indispensable.

Pour sa part, Maxime était serein. Il ne semblait pas se soucier des reproches qui l'attendaient sans doute. Et Pauline en conclut, non sans fierté, qu'une telle attitude révélait son bonheur : les trois semaines qu'ils venaient de passer ensemble avaient modelé un homme différent.

Pour sa part, elle savait que son mariage l'avait transformée en une femme éblouie, comblée au-delà de toute expression, mais elle n'avait pas osé espérer qu'il en serait de même pour Maxime.

Le bonheur qu'avaient connu son père et sa mère, et dont elle avait été le témoin émerveillé, était le sien maintenant... C'était miraculeux. Aucun trésor au monde n'était comparable à ce privilège.

Le majordome ouvrit toute grande la porte du salon, mais sans les annoncer. Pauline se sentit rougir : cet homme ne savait sans doute que dire, c'est pourquoi il se taisait. Il ne devait pas être informé de la qualité exacte de la dame qui accompagnait le prince, ne sachant quel titre lui donner.

En fait pour lui, elle demeurait quelqu'un « du commun ». Cette pensée lui serra le cœur.

Le grand-duc les attendait, assis, à l'extrémité de la vaste pièce. Il ne se leva pas, ne vint pas vers eux. L'espace parut bien long à parcourir, sur l'épais tapis. Pauline n'avait pas lâché la main du prince. Elle était sûre que, sans cette main, elle ne pourrait plus mettre un pied devant l'autre, ou s'effondrerait...

— Bonsoir, père, fit Maxime en s'inclinant avec respect.

Pauline, les yeux à terre, n'osant regarder ce visage qui devait la toiser durement, plongea en une courte révérence.

Elle se redressait lorsqu'elle entendit la voix du grand-duc, calme, presque douce :

— Eh bien ! Vous vous y entendez, à tout bouleverser, vous deux !

— Je vous demande pardon, père ! Je vous aurais averti si je l'avais pu, mais j'ai pensé qu'il valait mieux, dans votre propre intérêt, que vous ne soyez pas au courant de nos intentions... expliqua Maxime. Que s'est-il passé, à la cour du tsar, lorsqu'on s'est aperçu que nous étions partis ?

Le grand-duc hocha la tête.

— Je pensais que cela t'intéresserait. Mais peut-être seriez-vous mieux assis, pour écouter ce que j'ai à vous dire ?

N'osant encore lever les yeux, Pauline tâtonna jusqu'à ce qu'elle sente à sa portée un coin de canapé, au bord duquel elle s'assit tandis que le prince prenait place à son côté.

Le grand-duc, face à eux, dans un fauteuil imposant à haut dossier, jambes croisées, parfaitement à l'aise, n'avait l'air nullement contrarié.

Cependant, il ne parla pas tout de suite. Alors, ils attendirent, un peu crispés. Le grand-duc se décida enfin :

— Vous avez choisi très astucieusement votre heure pour disparaître ! Ce ne fut qu'après la cérémonie du mariage de Margarita que le tsar commença à remarquer votre absence. A demander à tout le monde où vous étiez.

— Quelqu'un le savait-il ?

— Non. Pas même les espions de Beckendorff, qui ont été envoyés dans toutes les directions pour te chercher, Maxime ! On s'est d'abord assez peu occupé de Pauline. C'est ton absence, mon fils, qui offensait le tsar ! Ces messieurs de la Troisième Section sont revenus avec une information sérieuse : tu avais, paraît-il, pris un train en compagnie d'une jeune femme.

— Et quelle heure était-il quand ils l'ont appris ?

— C'était le milieu de l'après-midi. Entre-temps, Margarita, elle, s'était inquiétée de l'absence de Pauline. Malheureusement le tsar l'a su. Qu'était-il donc advenu de la dame d'honneur ?

En posant cette question, le grand-duc sourit et son regard eut un éclair de malice.

— Quelqu'un suggéra, sans doute pour détendre l'atmosphère, qu'elle avait pu se rendre au palais où le jeune couple princier devait passer sa lune de miel, afin de tout préparer pour que Margarita puisse prendre quelque repos en arrivant. Mais, naturellement, cette piste s'étant avérée fausse, le tsar ne tarda plus à faire le rapprochement entre

182

la dame qui t'accompagnait au train et la disparition de Pauline.

— Et... il fut très contrarié ?

— Contrarié ? Tu plaisantes ! Furieux, enragé, hors de lui ! Il nous a fait la démonstration d'une colère vraiment « impériale » ! Avec insultes, grossièretés, jurons... Toute la gamme ! Pour ma part, je me suis entendu jeter au visage ce qu'il pensait de mon fils : il allait t'arracher tes galons, et te chasser de son armée comme un voleur.

Pauline eut un gémissement. Le prince, lui, eut un large sourire pour affirmer :

— C'est exactement ce que j'espérais !

Après un silence, il ajouta, gravement cette fois :

— Et pourtant... Je suis fait pour être soldat. Cela me manquera.

— Tu oublies que nous avons une armée, à Altauss ! lui reprocha le grand-duc, blessé. Moins importante, moins entraînée, mais je crois que dans les temps troublés que nous vivons il serait bon, justement, de la moderniser et de la rendre forte.

Les yeux du prince brillèrent.

— Vous désirez vraiment cela, père ?

— J'imagine que ce serait une erreur de ta part d'abandonner la carrière militaire. Et de renoncer à ton grade dans l'armée, conclut le grand-duc.

Le visage du prince s'illumina. Ce fut comme si un rayon de soleil pénétrait dans la pièce. D'un ton vif, il rappela :

— Comme je vous l'ai écrit dans mon message, Pauline et moi sommes mariés.

— Oui... Enfin, il s'agit d'une union morganatique ?

— Absolument pas ! Nous sommes complètement, normalement mariés, devant Dieu et les hommes. Pauline doit porter mon nom, précisa Maxime avec fermeté.

Père et fils s'affrontaient du regard. Pauline retenait son souffle. Ce fut le grand-duc qui reprit, avec un geste négligent :

— Si tu y tiens... Pour les lois d'Altauss, cela reste une union morganatique, Maxime.

— Pour les lois d'Altauss en effet, père, et je le savais. Mais je tiens à ce que vous sachiez que, *pour moi*, c'est une union solennelle, bénie, que rien ne pourra rompre que la mort.

Il y eut un nouveau silence, plein de menaces.

— Tu ne peux épouser une jeune fille sans titre ! protesta enfin le grand-duc.

— A la rigueur, je le ferai, même si je dois y perdre le mien, lança Maxime.

Le grand-duc était devenu grave. Il soupira :

— Non !... J'y ai déjà réfléchi au cas où... tu prendrais cette attitude. J'ai une proposition à te faire. Le château où vous avez passé votre lune de miel appartenait jadis à une famille dont la postérité s'est éteinte. Ce n'était alors qu'un rendez-vous de chasse. Mais il appartenait aux Liedenburg.

Pauline attendait, crispant ses doigts entrelacés sur ses genoux. Le grand-duc poursuivit :

— En conséquence, je te propose ceci : d'offrir ce château à ta femme. Ainsi, elle portera officiellement le nom d'Altesse Sérénissime, Princesse Pauline de Liedenburg.

Le prince ouvrait la bouche mais son père l'arrêta du geste.

— Attends ! Quand elle aura été acceptée par notre peuple comme l'épouse qui convient au souverain de ce pays et que tu me succéderas, il t'appartiendra de faire d'elle et de tes enfants, si vous en avez, la grande-duchesse et les princes d'Altauss. Mais, tant que je serai grand-duc régnant, votre union gardera son caractère morganatique, selon nos lois.

Le prince poussa un cri de triomphe qui éveilla des échos dans les murs :

— Père, vous êtes très généreux ! Comment vous remercier ? Comment vous dire ce que cela représente pour Pauline et pour moi-même ?

— Je désire que tu sois heureux, mon garçon.

Maxime serrait à la broyer la main de son père. Pauline s'était levée et se tenait à côté d'eux, les yeux pleins de larmes.

Le grand-duc l'attira à lui et l'embrassa sur la joue.

— Bienvenue dans la famille, ma belle-fille. Maintenant, nous allons convoquer votre père. Il attend que nous le fassions appeler pour vous exprimer sa joie de votre retour.

Il y eut, ce soir-là, un somptueux dîner au cours duquel le grand-duc et Sir Christopher burent copieusement à la santé et au bonheur du jeune couple, en compagnie de nombreux convives venus d'un peu partout.

Bien avant que la réception prenne fin, le prince et sa femme — Son Altesse Sérénissime — se retirèrent dans leurs appartements.

La salle de réception officielle était immense et richement décorée, au palais d'Altauss, mais Pauline trouva leur chambre à coucher, malgré ses dimensions modestes et sa décoration sans recherche, infiniment plus belle.

Il est vrai qu'elle ne remarquait guère ce qui l'entourait, car elle n'avait d'yeux que pour son mari, et son cœur débordait de gratitude pour le grand-duc. Elle était trop émue, trop comblée, trop exaltée pour noter le moindre détail.

Dès que Maxime eut refermé la porte derrière eux, Pauline se jeta dans ses bras. Contemplant le visage extasié qu'elle levait vers lui, il demanda, pour le plaisir de le lui entendre dire :

— Es-tu heureuse, ma chérie ?

— Comment pourrais-je ne pas l'être quand tout est si magnifique ! J'avais si peur !... j'avais si horriblement peur que ton père t'en veuille, et que notre mariage ait non seulement ruiné tes relations avec lui mais aussi... avec ton peuple. Que tu ne puisses plus résider à Altauss ! Que tu sois obligé de renoncer à devenir un jour le souverain de ce pays que tu chéris.

— Je crois, au contraire, que nous avons apporté à ton père et au mien une nouvelle raison de vivre et d'espérer en l'avenir. Ils vont sans doute entrer en compétition pour le titre de meilleur grand-père, bientôt... et je parierais que nos enfants, ma chérie, seront horriblement gâtés.

Pauline rougit, baissa les paupières. En un geste pudique et charmant, elle cacha son visage contre l'épaule de son mari.

— Je voudrais bien... te donner... un fils ! Mais je n'en suis pas certaine. Et si tu n'as pas d'héritier mâle, tu seras déçu... tu m'en voudras peut-être !...

Maxime eut un rire triomphant qui ne doutait pas de l'avenir.

— Pour l'instant, conseilla-t-il, oublions ce problème. Exactement comme nous oublions le tsar, et la Russie...

Il savait, en effet, que Pauline regrettait qu'il eût perdu à cause d'elle les prestigieuses décorations qu'il avait méritées au cours de ses combats. Alors, il précisa :

— Car moi, chérie, j'ai tout oublié, et je ne regrette rien, je te l'affirme. Absolument rien !

Comme elle souriait, il reprit :

— Nous aurons pourtant appris quelque chose, que nous ne devrons pas oublier.

— Quoi donc ?

— Que l'affection des rois n'est ni solide ni éternelle et que seul l'amour mérite qu'on s'abandonne entièrement à lui.

— Ainsi ferons-nous ! Et jamais notre bonheur ne nous sera enlevé, affirma Pauline.

Ils se regardaient dans les yeux et la flamme de leur désir montait en eux, les embrasait.

Lorsqu'il la prit dans ses bras pour la porter sur le lit, elle se détendit, sans nulle peur, sachant que l'ardeur de leur chair était, elle aussi, comme leur tendresse, une part essentielle de leur vie de couple et de leur entente. De même que l'ondée bienfaisante et le soleil ardent font jaillir de la terre les fruits les plus savoureux et les fleurs les plus belles.

Dans le ciel scintillaient des milliards d'étoiles, témoins éternels du mystère éternel qu'on appelle amour...

Romans sentimentaux

Depuis les ouvrages de Delly, publiés au début du siècle, la littérature sentimentale a conquis un large public. Elle a pour auteur vedette chez J'ai lu la célèbre romancière anglaise Barbara Cartland, la Dame en rose, qui a écrit près de 300 romans du genre. À ses côtés, J'ai lu présente des auteurs spécialisés dans le roman historique, Anne et Serge Golon avec la série des Angélique, Juliette Benzoni, des écrivains américains qui savent faire revivre toute la violence de leur pays (Kathleen Woodiwiss, Rosemary Rogers, Janet Dailey), ou des auteurs de récits contemporains qui mettent à nu le coeur et ses passions, tels que Theresa Charles ou Marie-Anne Desmarest.

BENZONI Juliette

Marianne 601 ★★★★ & 602 ★★★★
Un aussi long chemin 1872 ★★★★
Le Gerfaut 2206 ★★★★★★
Un collier pour le diable 2207 ★★★★★★

BRISKIN Jacqueline
La croisée des destins 2146 ★★★★★★

CARTLAND Barbara
Les amours mexicaines 1052 ★★★
La flamme d'amour 1110 ★★
L'enchantement du désert 1188 ★★
La première étreinte 1189 ★★
Que notre bonheur dure 1204 ★★
La belle et le léopard 1215 ★★
Pour l'amour de Lucinda 1227 ★★
Le mystère de la bruyère bleue 1285 ★★★
La revanche de lord Ravenscar 1321 ★★
Il ne nous reste que l'amour 1347 ★★
Piège pour un marquis 1699 ★★
La princesse en péril 1762 ★★
Défi à l'amour 1763 ★★★★
Ola et le marquis 1775 ★★
Un souhait d'amour 1792 ★★
Indomptable Lorinda 1793 ★★
L'amour et Lucie 1806 ★★
Rencontre dans la nuit 1807 ★★
La magie de la bohémienne 1819 ★★
La revanche d'Anthéa 1820 ★★
L'invitation au bonheur 1842 ★★
L'amour est un songe 1843 ★★
Splendeurs impériales 1859 ★★

Serment d'amour 1860 ★★
L'amour à la barre 1870 ★★
Les colombes de l'amour 1871 ★★
Les violons de l'amour 1883 ★★
L'amour était au rendez-vous 1884 ★★
Un rossignol chantait 1898 ★★
Une passion inattendue 1899 ★★
Thérésa et le tigre 1912 ★★
Pour l'amour d'un roi 1913 ★★
Un coeur caché 1929 ★★★
Deux coeurs au gré des flots 1930 ★★
Une source de bonheur 1941 ★★
Le comte prodigue 1942 ★★
Un amour au clair de lune 1954 ★★
Quand l'amour s'éveille 1955 ★★
La brûlure de la passion 1974 ★★
Un amour en danger 1975 ★★
La force d'une passion 1990 ★★
La princesse oubliée 1991 ★★
La revanche du coeur 2005 ★★
Un mariage imprévu 2006 ★★
La puissance d'un amour 2030 ★★
L'amour en offrande 2031 ★★
Les mirages de l'amour 2040 ★★
Idylle à Calcutta 2049 ★★
Un amour étoilé 2067 ★★
Prise au piège 2082 ★★
Miracle pour une madone 2100 ★★
Un mari chevaleresque 2114 ★★
Une épouse particulière 2115 ★★
L'amour retrouvé 2130 ★★
Au coeur du péril 2131 ★★
Fiancée à un brigand 2144 ★★
Un amour conquérant 2145 ★★
L'ange et Lucifer 2159 ★★
La danse de l'amour 2160 ★★
L'amour enflammé 2173 ★★
Un amour sans fortune 2174 ★★
Le sable brûlant d'Hawaï 2188 ★★
L'amour comme un espoir 2189 ★★
Le baiser devant le Sphinx 2217 ★★
Pour l'amour d'un marquis 2218 ★★

CARTLAND *(suite)*	*Un éternel enchantement* 2230 ★★
	Le choix du prince 2242 ★★
	Loin de l'amour 2243 ★★
	Le lord et la demoiselle 2256 ★★ *(oct.87)*
	Le secret de l'Écossais 2257 ★★ *(oct.87)*
	La victoire de l'amour 2271 ★★ *(nov.87)*
	Un coeur trop pur 2272 ★★ *(nov.87)*
	Qui peut nier l'amour ? 2285 ★★ *(déc.87)*
	La gondole d'or 2286 ★★ *(déc.87)*
CHARLES Theresa	*Le chirurgien de Saint-Chad* 873 ★★★
	Inez, infirmière de Saint-Chad 874 ★★★
	Rosamond 1795 ★★★★
	Thea 1873 ★★★★
COOKSON Catherine	*L'orpheline* 1886 ★★★★★
	La fille sans nom 1992 ★★★★
	L'homme qui pleurait 2048 ★★★★
	Le mariage de Tilly 2219 ★★★★
	Le destin de Tilly Trotter 2273 ★★★ *(nov.87)*
COSCARELLI Kate	*Destins de femmes* 2039 ★★★★
DAILEY Janet	*Le solitaire* 1580 ★★★★
	La Texane 1777 ★★★★
	Le mal-aimé 1900 ★★★★
	Les ailes d'argent 2258 ★★★★★ *(oct.87)*
	La saga des Calder :
	- Le ranch Calder 2029 ★★★★
	- Prisonniers du bonheur 2101 ★★★★
	- Le dernier des Calder 2161 ★★★★
DESMAREST Marie-Anne	*Torrents* 970 ★★★
GOLON Anne et Serge	*Angélique, marquise des Anges*
	667 ★★★ & 668 ★★★
	Indomptable Angélique 673 ★★★ & 674 ★★★
	Angélique à Québec
	1410 ★★★★, 1411 ★★★★ & 1412 ★★★★
	Angélique : la route de l'espoir
	1914 ★★★★ & 1915 ★★★★
HOLT Victoria	*La lande sans étoiles* 2007 ★★★★
LAKER Rosalind	*Reflets d'amour* 2129 ★★★★
	La femme de Brighton 2190 ★★★★
LINDSEY Johanna	*Le vent sauvage* 2241 ★★★
MATTHEWS Patricia	*Le défi de Serena* 1821 ★★★★
	Danser ses rêves 1901 ★★★★
	L'éveil de l'aube 2081 ★★★★
	L'écume des passions 2116 ★★★★

MICHAEL Judith	**Prête-moi ta vie** 1844 ★★★★ & 1845 ★★★★
MONSIGNY Jacqueline	**Michigan Mélodie (Un mariage à la carte)** 1289 ★★
	L'amour dingue 1833 ★★★
	Le palais du désert 1885 ★★
PEARSON Michael	**La fortune des Kingston** 1628 ★★★★ & 1629 ★★★★
ROGERS Rosemary	**Au vent des passions** 1668 ★★★★
	La femme impudique 2069 ★★★★
STEEL Danielle	**Leur promesse** 1075 ★★★
	Un monde de rêve 1733 ★★★
	Palomino 2070 ★★★
	Souvenirs d'amour 2175 ★★★★★
	Maintenant et pour toujours 2240 ★★★★★★
WOODIWISS Kathleen E.	**Une rose en hiver** 1816 ★★★★★

2242
★★

Impression Brodard et Taupin à La Flèche (Sarthe)
le 19 août 1987
6572-5 Dépôt légal août 1987. ISBN 2-277-22242-9
Imprimé en France

Editions J'ai lu
27, rue Cassette, 75006 Paris
diffusion France et étranger : Flammarion